目次

中西道場
（下谷練塀小路）
新田
桂三郎宅
（御徒町）
つたや（神田松永町）
和泉橋
新橋
神田川
浅草橋
柳橋
隅田川
回向院
両国橋
今村伊兵衛宅
（大伝馬町「伊勢屋」内）
安川市之助宅
（久松町）
平井大蔵宅
（通旅籠町）
小野道場
（浜町）
若杉
新右衛門宅
（高砂町）
新大橋
江戸川

「熱血一刀流」地図
寛永寺
不忍池
弁天堂
浅草
上野
湯島天神
江戸川
小石川
蔵前
神田川
神田明神
神楽坂
牛込御門
神田
浅草御門
両国橋
市谷
田安御門
番町
日本橋
江戸城
四ッ谷御門
日本橋
赤坂御門
八丁堀
京橋
赤坂
桜田御門
永代橋
日吉山王大権現社
虎之御門
芝
麻布
増上寺
北
西
南

主な人物紹介

中西忠太

豊前中津藩・奥平家の江戸表で剣術指南を務める、小野派一刀流の遣い手。小野道場を破門された五人と息子を門人に、一刀流中西道場を立ち上げる。

中西道場の門人たち

中西忠蔵

忠太の息子。小野派一刀流の道場に通っていたが、父親が立ち上げた道場に移った。

安川市之助

母・美津と二人暮らし。剣術での仕官を目指し、剣の才能に恵まれながらも、忠太に中西道場を破門されたが、再入門を許された。

新田桂三郎

幕府の走衆を父に持つ三男坊。代々が武官の家であるため、自身も剣客を目指す。

若杉新右衛門

元々は八王子の郷士の息子。親許を離れて、江戸へ剣術修行に来ている。

平井大蔵

通旅籠町の医者の次男。男伊達を気取って喧嘩に明け暮れ、勘当されそうになり剣術を目指す。

今村伊兵衛

大伝馬町の木綿問屋の次男。祖先が武士だったことから、剣客を目指す。

決戦

熱血一刀流 四

第一話　親達の宴

一

暦の上では秋となったが、下谷《したや》練塀小路《ねりべいこうじ》の小野《おの》派一刀流中西《なかにし》道場の熱気は衰えることを知らなかった。

中西忠太《ちゅうた》が、浜町入堀《はまちょういりほり》にある小野道場から独立して、ここに六人の弟子を迎え入れ、厳しく鍛えあげて以来、最も充実した時がやってきたようだ。

宝暦《ほうれき》二年（一七五二）の江戸剣術界は、どの流派も型稽古《かたげいこ》が中心で、剣士が実戦さながらに立合うことはなかった。

忠太はそれでは、剣術そのものが形骸化《けいがいか》してしまうのではないかと憂《うれ》え、竹刀と防具着用による打ち込み稽古を導入した。

この稽古法は、既に直心影流《じきしんかげりゅう》・長沼四郎左衛門《ながぬましろうざえもん》が取り入れていたが、竹刀と防具の規格が不揃《ふぞろ》いであり、怪我《けが》なく他流仕合が出来る状況には至っていない。

しかし忠太は試行錯誤を繰り返し、竹刀、防具の開発に先立って、〝いせや〟なる稽古刀を造りあげた。

これは、袋竹刀《ふくろしない》よりもはるかに安全に出来ていて、細い鉄棒に綿布を巻き、綿を詰め、さらに綿布を巻き、剣先と柄《つか》を革で固めたものとなった。

この〝いせや〟なら、袋竹刀より仕合が気楽に行える。

小野道場の高弟・酒井右京亮《さかいうきようのすけ》は、〝いせや〟などでする立合は子供の遊びだと切り捨てているが、同時に賛同者も現れた。

新神陰一円流《しんしんかげいちえんりゆう》の師範・松尾史之助《まつおふみのすけ》は、中西忠太と交誼《こうぎ》を結んでいた兄弟子・福井兵《ふくいへい》右衛門《えもん》を通じて〝いせや〟を知り、大いに興をそそられた。

そこで彼は板橋《いたばし》の道場に中西道場の面々を招き、己《おの》が弟子達との仕合を望んだ。

中西忠太と六人の弟子は、勇んで松尾道場に乗り込み、この仕合に大勝した。

今村伊兵衛《いまむらいへえ》、平井大蔵《ひらいだいぞう》、若杉新右衛門《わかすぎしんえもん》、新田桂三郎《にったけいざぶろう》、安川市之助《やすかわいちのすけ》、中西忠蔵《ちゆうぞう》――。

誰《だれ》一人負けることなく、日頃《ひごろ》の猛稽古の成果を見せつけたのであった。

三月初頭に行われた、長沼道場での竹刀、防具着用による仕合では、四郎左衛門の門人・藤川弥司郎右衛門《ふじかわやじろうえもん》一人に為《な》す術《すべ》もなく破れていただけに、中西道場には希望が生まれた。

松尾道場との仕合は、互いに誰にも告げずごく内々に行われたのだが、武者窓の外からたまさか見た武士達の口から噂《うわさ》が広がった。

松尾史之助の後援者で、そっとこの仕合を見届けた旗本・北山備後守《きたやまびんごのかみ》も、内々のことと思いつつ、黙っていられずについ〝いせや〟での立合について人に語ってしまった。

備後守は武芸好きで、彼もまた予々《かねがね》、

「型稽古ばかりでは、武士の剣術は、いざという時、役に立つのであろうか」

と言って、昨今の剣術のあり方に首を傾《かし》げていた。

それだけに、

「なるほど、このような致しようがあったのじゃな」

目が開かれた想《おも》いとなり、黙っていられなくなったのだ。

北山備後守は四千石の旗本寄合席。

大身《たいしん》の殿様の言葉は、それだけ重く響くというものだ。

松尾史之助もまた、実戦を念頭に置き、稽古に工夫を凝らすようになり、以後、入門者がおびただしく増えた。

これによって、自《おの》ずと中西道場の評判は、日毎《ひごと》に高まったのである。

依然、竹刀、防具による打ち込み稽古などは邪道であるとの意見が主流であったので、大っぴらに中西忠太に賛同する者はなかったものの、

「いざ打ち合ってみた時に、我らが剣術はいかほどのものであろう」

という疑問を確かめたくなる師範達も現れて、内々に〝いせや〟での仕合を忠太に申し込むようになった。

忠太と弟子達にとっては願ってもないことであった。

型と組太刀の稽古に終始し、身に寸分の怪我や痛みも覚えぬのが真の剣士と言えるのであろうか――。

歌舞音曲と同じような習いごとと化している剣術からの変革を求める。それが中西忠太の信念であり、六人の弟子は師の剣術にどこまでもついていく覚悟である。

しかし、師弟の悲願は、来たるべき小野道場の御意見番・酒井右京亮率いる一派との仕合での勝利であった。

右京亮は、中西忠太が目指す実戦さながらの稽古を、

「子供の遊び……」

と切り捨て、袋竹刀を用いた命がけの仕合による決着を突きつけた。

小野派一刀流にあって、剣術に対する考え方の違いが生んだ衝突とはいえ、忠太は

後に引けなかった。

彼の息子・忠蔵以外の五人は、かつて素行の悪さを理由に、小野道場を破門になっていた。

弟子達にとっても、見返す意味で負けられなかった。

方々の道場で〝いせや〟による仕合をするのは、小野道場との決戦に向けて、何よりの稽古となろう。

忠太はこれらの申し出を快く受け、

「勝ち負けにこだわらず、己が剣を見つめ直すためにいたすのが仕合と存じまする。〝いせや〟がその御役《おやく》に立てたなら、何よりでござりまする」

あくまでも稽古を共にするつもりで願いたいと、相手の心をほぐすのを忘れなかった。

〝いせや〟の稽古は中西道場に一日の長があるゆえ、当方が有利なのは自明なのだ。

勝ち負けなど何の意味もない。

「実りのある稽古をいたしたいものでござりまするな」

忠太に熱く説かれると、どの師範も不安やこだわりが消えていくのであった。

他流仕合を禁じているところも多いので、忠太はあくまでも、

「後学のために、何卒《なにとぞ》我らに指南を賜《たまわ》りとうござる」
という姿勢を貫いた。
日増しに中西道場の門人達には、威風が備《そなわ》ってきているのが、忠太の目から見ても
わかる。
師弟七人が揃って歩くと人目にもつきやすいので、忠太は弟子を三組に分け、別々
に向かわせ、相手の道場の近くに自分も単身出向き、そこで合流するという気遣いま
で見せたものだ。
すべては、仕合を望んでくれる相手に対する敬意を払う意図を掲げてのことであっ
た。
また、酒井右京亮がどこで横槍《よこやり》を入れてくるかもしれぬゆえの配慮でもある。
そしてこの夏。
中西道場は華々しい快進撃を続けた。
無外《むがい》流、無眼《むがん》流、東軍《とうぐん》流、馬庭《まにわ》念《ねん》流、塚原卜伝《つかはらぼくでん》流各道場との稽古で、〃いせや〃に
よる仕合を行うと、彼らは無敗を誇ったのだ。
仕合の形式は色々で、六人対六人、勝ち抜き戦、三人対三人を二仕合行うなど、相
手道場の都合に合わせたのだが、どの仕合に臨んでも圧勝した。

もちろん、時には敗北を喫する弟子もいたが、必ず次の仕合では勝利し、自軍に貢献した。

中でも、中西忠蔵、安川市之助は、どの仕合においても負けることがなかった。

「よいか、仕合には勝たねばならぬ。だが、勝った後は、勝たせてもらったという想いを忘れてはならぬ」

忠太は意気あがる弟子達に、常々言い聞かせた。

「勝ちに驕《おご》るな」

それがさらなる上達を生むと言うのだ。

弟子達も忠太の戒めをよく守った。

強さをひけらかし、勝利に酔っている姿を相手に見せると、その次に仕合を望んでくれる相手がいなくなろう。

それでは、小野道場との対戦に向けての稽古が思うにならないことを、荒くれゆえに世慣れた弟子達はよくわかっていたからである。

「いや、わたし達は〝いせや〟での立合に慣れておりますゆえ……」

「次に立合えば、今日のようには参りませぬ」

「その折は何卒、お手柔かに願いまする」

新右衛門、大蔵、伊兵衛は、こういうところは口がうまい。

巧みに相手を立ててから引き上げるのだ。

そうして忠太を含めて七人は、またばらばらに練塀小路の道場へ戻ると、

「今日も勝ったぞ！」

揃って雄叫《おたけ》びをあげるのであった。

その勢いは夏の間、止《と》まることを知らず、中西道場での熱気は、七月に入って頂点に達したのだ。

二

中西道場の七人が大喜びしたのは、他道場との仕合が少しずつ世の中に受け入れられてきたことであった。

勝利を決してひけらかさず、諸方から仕合での充実ぶりを称《たた》えられても、

「これは内々でお願いして、稽古に加えていただいただけのことゆえ、どうかそっとしてやってくださりませ」

中西忠太は、いつもそのように応《こた》えてきた。

それがまた中西道場の評判を押し上げ、大名、旗本諸家から、それぞれの武芸場へ

の招待がかかった。

　忠太はこれを拒まなかった。

　色んな武芸場で稽古をし、そこの猛者《もさ》に揉《も》まれることは、弟子達にとっては大いに励みになるし、経験を積む上でも大事であった。

　練塀小路での稽古をすませてから、忠太が六人を率いて伺い、竹刀と防具による稽古、〝いせや〟による立合などを披露して、そこで各家の指南役による型、組太刀を学び、やがて辞去する。

　名だたる武術を体感して、その技を自分の立合に取り入れてみるのは、弟子達に剣術を考える視野を広げてくれると思ったのだ。

　また、自分の跡を継ぐ忠蔵は別として、安川市之助は親の代からの浪人。新田桂三郎は七十俵五人扶持《ぶち》の御家人の三男坊。若杉新右衛門は多摩八王子《たまはちおうじ》の名主の次男坊。平井大蔵は町医者の次男坊、今村伊兵衛も木綿問屋の倅《せがれ》である。何《いず》れも剣客の出自として恵まれたものではない。

　せっかく剣の腕が世の中に認められ始めたのだ。この機会に弟子達の顔を売ってやり、先へ繋《つな》げてやろうという親心もあったのだ。

　宝暦の世である。大名、旗本も御家《おいえ》の事情が苦しい。

すぐに仕官に結び付くのは難しいが、今から顔と名を覚えてもらえば、いつか出稽古を請われる日がくるかもしれない。

諸家の若者と剣で交誼を結んでゆけば、その若者もやがて家中の実力者となる。

――そういう積み重ねが大事である。

と、忠太は思っている。

それゆえ、招待稽古の後の宴席にも、ほんの一刻《いっとき》(約二時間)の間付合い、一人一人弟子を紹介して、

「何れ変わらぬ粗忽者《そこつもの》でござりまするが、どのような厳しい稽古にも音をあげぬだけの性根は据《すわ》っておりまする。以後、お見知りおきのほどを願いまする」

と、丁寧に頭を下げてやったものだ。

どこの武芸場でも、中西道場の者達は珍しがられ注目をされた。

忠太は招かれた武芸場で、竹刀、防具による打ち込み稽古を披露して、その圧倒的な迫力で剣士達を感嘆させた。

当然、中西道場への入門を願う者、忠太へ出稽古を望む家もあったが、これに対し忠太は、

「まだ、道具もできあがっておりませぬし、目指す境地に達しておりませぬゆえ、今

しばし中西道場の剣術が固まるまで、お待ちいただきとうござる」

と応えた。

目指す境地というのは、酒井右京亮一派との仕合に勝利することであったが、それについては一言も述べなかった。

六人の弟子達にも、

「これは小野派一刀流の中での仕合ゆえ、くれぐれも他言なきように」

と、厳命していた。

下手《へた》に口走ると、小野道場との間に要らぬ軋轢《あつれき》を生むかもしれぬゆえ、仕合が行われるその日まで、滅多に人に話すものではないと言うのだ。

そういう中西道場の態度は慎み深いと捉《とら》えられ、さらなる好感を呼び、

「それならばせめて、時折は我が武芸場に来て、竹刀による打ち込み稽古がいかなものかを、御教授願いたい」

何ごとにも心得た諸家の家臣達は、やがて当家でも竹刀、防具を身につけての稽古を取り入れる時がくるであろう。まずはその手始めに、防具を着けた上での立合をもっと見せてやってもらいたい、中西道場の稽古法を教えてくれるようにと願い出たのだ。

竹刀打ち込み稽古が、いざという時にどれだけ役に立ちそうか、じっくりと見極めておきたいらしい。

どこの大名、旗本家にも、酒井右京亮のような守旧派のうるさ型が存在するのであろう。

中西忠太の剣術に心が動かされたとはいえ、そうすぐには中西忠太を剣術指南役に迎えられない事情もあるのだ。

一部の家中の者が騒いだとて、それを真に受けてはならないと、忠太はそこをも読んでいた。

とはいえ、今は竹刀と防具による打ち込み稽古、〝いせや〟による立合などが珍しく、中西道場には連日のように武芸場への誘いが来た。

こうなると忠太も困ってしまった。

いちいち応えていては、肝心の稽古に支障をきたすし、弟子達の親も何ごとが起こったかと不安に思うかもしれない。

それでも、このところの息子の充実ぶりに、その親達は大いに心癒《いや》されていて、彼らの謝意は忠太にも届いていた。

――親達が息子を誇れるようになるためにも、招きに応えねばならぬな。

忠太は親のありがたみを噛《か》み締めつつ、弟子達をまた三組に分けて、六人固まらず二人ずつ諸家の稽古へ行かせることにした。

それによって、弟子達は方々に顔を売ることが出来た上に、道場での稽古にも身を入れられた。

そして尚《なお》かつ、師が言うところの親の助けになることを欠かさない、忙しくも充実を覚える夏を過ごし、秋に入ったのである。

しかし、忠太はその間ずっと、心が落ち着かなかった。

喧嘩《けんか》しか能がない出来損いの剣士と、周囲からの嘲笑《ちょうしょう》の的となっていた弟子達が、俄《にわか》に武家から注目され始めたのだ。

いくら忠太が、

「考え違いを起こすでないぞ。今はまだ我らの剣術が、珍しく思われているゆえ何かと声がかかるのだ。ここで気を引き締めぬと、ただの流行になってしまう。流行はすぐにすたれるものだ」

そのように諭したとて、

――流行であっても好《よ》いから、今はこの心地よさを存分に味わっておきたい。

まだ二十歳《はたち》にもならない若者が、そんな想いになるのも無理はない。

さらに、親達にとっては、

「下手に剣術など習わせたのがいけなかった。倅めはこれからどうなるのだろう。そのうちに筋金入りのやくざ者になってしまうのではなかろうか……」

かつて日々案じていた息子が、方々の武芸場から招かれ、その剣術を称えられるようになったとは、俄には信じられぬことである。

喜びに慣れていない大人達は、ただただうろたえて、

「夢ならば、醒《さ》めてくれるな」

と、取り乱してしまうに違いない。

親子共々、あらぬ方へ行ってしまいかねない――。

自分自身、忠蔵の親である。このところの息子の充実ぶりには目を見張るものがあり、

「立合い慣れぬ相手にいくら勝ったとて自慢にもなるまい」

口ではそのように突き放しているものの、一人になれば、

――おれが忠蔵の歳《とし》には、あれほど迄《まで》には遣えなんだ。大した倅だ。いや、おれの教えがよいからか。

などと、思わずにやついている自分に気付かされる。

親も子もこの調子では、どこかでつまずきが起こるのではないかと、忠太の不安は募るばかりであったのだ。

三

日常の稽古に変わりはなかった。

中西忠蔵以下六名の弟子達は、中西忠太の猛稽古によく堪《た》え、夏の暑さが和らぐと、その間に貯《たくわ》えた技が一気に花開いた感がある。

自信に裏打ちされた実力は、徒《いたず》らに焦らぬ分伸びが早いようだ。

だが、六人共に稽古が終ると、拵《こしら》え場で眠りこける様子が目につき始めた。

稽古が済めば、忠太はすぐに道場の奥の居室へ入り、弟子達だけの一時を作ってやるようにしている。

以前は、稽古場の掃除の間、それも終えて拵え場で一休みして体の傷を癒し、茶を飲み稽古着を脱いで平服に着替える間は、何かというと鬼師範・中西忠太をいかにして殺すかの話などで盛り上がっていた。

そして、それと共に弟子達はいかにして面を打つ、小手《こて》を打つかの話などもして武芸向上について語り合っていたような気がする。

その一時が弟子達にとってよい骨休みであり、うっぷん晴らしであり、相弟子と行
う貴重な学習であった。
時には、剣術談義が過ぎて、喧嘩口論に発展する時もあった。
だが忠太はそういう一時を過ごすことが道場に通う醍醐《だいご》味《み》でないかと思うのだ。
相弟子と共に、とりとめもない話をしつつも、互いに剣の上達を目指す、若き日の
貴重な思い出になるはずだと。
ところが、このところは拵え場がやたらと静かで、そっと老僕《ろうぼく》の松造《まつぞう》に様子を見さ
せると、二、三人の弟子達が、
「ほんの小半刻《こはんとき》（約三十分）くらいのことでございますが、死んだように眠ってお い
でございます……」
とのことである。
忠太は相変わらず、太い木太刀での素振りを千本振らせたり、稽古場の端から端を
使っての激しい打ち込みなど、他道場では考えられない厳しい稽古をさせている。
それでも、弟子達がまだ入門したての折のような、
「ただただ、体に覚え込ませる」
という稽古はしていない。

同じ技の稽古でも、今はしっかりと頭で考えつつ打つようにさせている。

終ってから足腰が立たぬ状態で、稽古を終えることはまずない。

あれだけの稽古に堪えてきた弟子達が、

「死んだように眠ってしまう？　そんなはずはあるまい」

殺されても死なぬ太々《ふてぶて》しさを、連中は身につけているはずだ。

それゆえ、この日、忠太は稽古を終えると、一旦《いったん》いつものように奥へ入ると、すぐに気配を消して稽古場に戻って拵え場を覗《のぞ》いた。

師の気配を覚えて、はっと姿勢を正したのは忠蔵、市之助、桂三郎の三人で、新右衛門、大蔵、伊兵衛は死んだように眠りこけていた。

忠太は起きている三人には、何も言うなと目で合図をして、眠っている三人の額にそっと〝斬〟と墨で認《したた》めた。

「おれが曲者《くせもの》であれば、お前達は既に斬《き》られている」

その意味を込めたのだが、これには忠蔵、市之助、桂三郎は声を押し殺して笑った。

ただ叱《しか》ったりはせず、稽古を終えた後の休息は思うようにさせてやりたい。

それでも油断はならない。剣士が顔に落書きをされてもそのまま眠っているなど恥ずべきことだ。

これも師が弟子を慈しむ想いを、稚気として表したのに違いない。

三人は素直にそう思っていた。

少し前なら、弟子達を三組に分けてまで、諸家の招きに応じさせたりはしなかったはずだ。

中西忠太も、師として弟子達の成長を喜び、日頃の動きは各自に託すようになったのだと解釈していた。

実際、忠太もそうあろうとしていた。

弟子を売り出してやるのも師の務めであるし、元服をすませた男の日常に、あれこれ立ち入るのも無粋である。

この時も、そっと拵え場を出て、

「言うなよ……」

小声で伝えた。

それからすぐに、新右衛門、大蔵、伊兵衛の三人は目を覚ましたが、忠蔵、市之助、桂三郎は三人それぞれに、

「言うなよ……」

と合図をしたものだから、落書き三人組は、自分だけは落書きなどされていないと

思い込み、そのまま表へ出て大いに恥をかいたのである。

実に頬笑《ほほえ》ましい光景と言えるが、その夕、忠太は忠蔵を伴い、道場からほど近い一《いち》膳《ぜん》飯屋〝つたや〟で夕餉《ゆうげ》をとった折、

「奴《やつ》らは昨日、どうしたのだ」

厳しい表情で訊《たず》ねたものだ。

「お前は新右衛門と、佐竹《さたけ》様の屋敷に招かれたのだな」

「はい……」

「大蔵と伊兵衛は立花《たちばな》様の屋敷であったはず」

「いかにも左様で……」

佐竹家は出羽久保田《でわくぼた》二十五万五千石、立花家は筑後柳川《ちくごやながわ》十万九千六百石の大名家である。

両家共、外様《とざま》ながら名族で武芸自慢の家柄である。

何れも上屋敷が中西道場にほど近く、このところの中西道場の快進撃を耳にした家中の腕自慢が、十日ほど前に、

「是非、我らが稽古場にお越し願いたい」

と、忠太を招いた。

小野派一刀流は将軍家剣術指南役の流儀であり、その高弟である中西忠太の名は以前から知られていた。

しかし、己が道場を構えたものの、若い荒くれ剣士ばかりを集めて、こ奴らを鍛え直さんとする変わり者との評判を聞き及び、誰も関心を示さなかった。

ところが、中西忠太は直心影流の竹刀と防具を取り入れ、実戦さながらの立合に工夫を凝らし、それが実を結びつつあるとの噂を聞くと、

「それはいったいどのようなものか、この目で見て確かめたい」

という気運が高まり、有志が集い、是非武芸場に来てもらいたいと、申し入れたのだ。

重なる時は不思議なほどに招きが重なる。

佐竹家から招きが来たかと思えば、その翌日には立花家から来た。

招かれたといっても、殿様からのものではなく、家中の士が留守居役や江戸家老から許しを得ての招待である。

謝礼は薄謝で、その後に小宴が催されるくらいのものだが、ここでも忠太はそういう付合いを疎《おろそ》かにはしなかった。

少しでも、自分の剣術についての想いに賛同してくれる武士と、剣について語るこ

とが出来ればよい。

これが竹刀、打ち込み稽古の普及に繋がればと、弟子達をもって、いつものように肉弾相打つ稽古を見せると、

——なるほど、こういうことか。

誰もが納得をしてくれた。

忠太は小宴にも付合ったが、宴《うたげ》となれば弟子達六人は剣術以上の才を発揮する。座持ちがよく、共にいると真に楽しいのである。

今までに散々重ねてきた失敗談を語ると、佐竹家も、立花家も、家中の士は腹を抱えて笑った。

屋敷内の御長屋の一室でのささやかな宴も、中西道場の面々がいれば大いに華やぐ。

忠太は竹刀打ち込み稽古の普及は、このような地道な人との繋がりを重ねてこそ実を結ぶと信じている。

充実した出稽古であったと手応えを覚えたのである。

だが、両家共に中西道場の稽古が楽しければ楽しいほどに、

「今一度、道具を着けての稽古を拝見仕《つかまつ》りとうござる」

と願った。

その時、既に他家からも同じような誘いがあり、忠太としてもいちいち弟子達を引き連れて訪ねてはいられなかった。

中西忠太は、主家・奥平《おくだいら》家の剣術指南もあり、このような誘いは丁重に断ったものの、

「しからば、御門人だけでも、我らの稽古に来てはいただけませぬか」

と、その度に熱く請われた。

弟子達もまた、自分達の剣術を認めてくれるところで、日頃の成果を披露するのは気合が入る。

「稽古が終ってから、お邪魔しとうございます」

と、一様に師へ願い出たものだ。

「それならば……」

忠太が弟子二人を一組にしてこのような申し出に応えることになったのは、これが発端であったのだ。

そしてこの、佐竹、立花両家の士からの、

「今一度……」

が、昨日に重なったというわけで、稽古が終ってから、忠蔵、新右衛門組は佐竹家

へ、大蔵、伊兵衛組が立花家の武芸場を訪ねたのである。

「稽古の方はつつがのう終えたと聞いたが？」

忠太は忠蔵に問い質《ただ》した。

弟子達も子供ではないのだ。

何かあれば問うてくるであろうゆえ、忠太は弟子達の出稽古先での行動をいちいち細かに訊《き》かなかった。

だが、どうやらそれがいけなかったようだ。

「はい、稽古は半刻（約一時間）ばかりでございましたが、わたしと新右衛門が、靭《じん》と袍《ほう》を身に着け、竹刀でみっちりと立合い、それを御家中の方々に見ていただきました」

「御家中の方々は喜んでくれたか」

「はい、それはもう。先だっては所用があり見られなんだという方々もお見えになり、このような稽古を我らもいたさねばならぬと、熱く語っておいでで……」

「それで、せっかく参られたのだ、一献差し上げたいとなったか」

「はい、お断りするのも無礼だと思い、我らは修行中の身ゆえ、少しだけお付合いさせていただきますと、半刻ばかりの間、宴席を共に」

「であろうな。そなたが道場に戻ったのは、それくらいの時分であったようだ」

「はい」

「して、新右衛門は引き留められたか」

「はて……」

「引き留められたのだな」

「そのようでございます……」

「お前は帰らねば、うるさい親父《おやじ》に叱られる。だが新右衛門は、親許《おやもと》離れての独り暮らし、いつ帰ったとてよいわけだ」

「二人共、すぐに帰ったのでは申し訳ないと、新右衛門は思ったのでしょう」

「あ奴は、付合いのよさにおいては、神仏の域にあるゆえにのう」

「やさしい男にござりますれば」

「調子のよい遊び好きは、やさしい男というわけか」

「ほんの少しだけ付合うてもらいたいとの仰せであったゆえ、新右衛門もあれからすぐに帰ったはずにござりまする」

「すぐにとは、一刻の後か？　二刻の後か？」

「はて、それは……」

「奴は楽しい男だ。一緒にいると別れ難くなる。そこから随分と飲んだのであろうな」

　忠太は渋い表情となり腕組みをした。

「どれほど飲んだかは知れませぬが、今日の稽古はいつも通りにしていたかと」

「当り前のことじゃ」

　忠太に睨《にら》まれ、忠蔵は口を噤《つぐ》んだ。

　確かに深酒をしたとは思えぬ体の動きを見せていた。

　しかし忠太は剣の師である。若杉新右衛門の一番よい時の体の切れを知っている。

　それから考えれば、今日の新右衛門の動きは明らかに鈍っていた。

　何とか稽古をこなし、終ると力尽きて拵え場で眠りこけ、顔に墨で落書きをされても気付かないとはだらしがない。

「大蔵と伊兵衛も引き留められたと見える」

　この二人の調子のよさも、新右衛門に引けはとらぬ。酒席を盛り上げ、引き留められたのであろう。

　そして、鬼の師の手前、稽古はいつも通りに努めたが、体からは昨日の酒が抜けきっておらず本調子とはいえなかった。

新右衛門同様、稽古を終えた安堵《あんど》から、思わず眠りこけてしまったのだ。

「う〜ん……」

忠太は依然、腕組みをしたままだ。

〝つたや〟の女将《おかみ》・お辰《たつ》と、手伝いの志乃《しの》が拵えた焼き茄子《なす》と、沙魚《はぜ》の煮物はまだ手つかずのまま膳に載っている。

先に箸《はし》をつけられぬ忠蔵は、しばし腹を鳴らし続けていた。

四

「何を難しい顔をなさっているんですか?」

黙念として、なめるように酒を飲み、考えごとをしている中西忠太を見かねて、お辰が傍《そば》へ寄ってきた。

そもそも茶屋であったこの店を台所代わりにして、しまいには一膳飯屋に変えてしまったのは忠太であった。

今、誰よりもこの剣客に物申せるのは、お辰なのかもしれない。

「難しい顔?」

「今の顔ですよ」

「難しいか？」

「鏡、持ってきましょうか」

「それには及ばぬよ」

「若い人達が、また何かやらかしたんですか？」

「そう思うか？」

「様子を見ればわかりますよ」

「伜とのやり取りを見て、聞き耳を立てていたのか？」

忠蔵は既に飯をかき込むように食べて、道場に戻っていた。

「聞き耳を立てていたわけではありませんよ。先生の声は大きいから」

「聞くとはなしに聞いていたか」

「はい」

お辰は忠太に盃《さかずき》を飲み干させると、酒を注《つ》いだ。

「やらかしたわけではないのだ」

「そうでしょうねえ。若い人達は……」

「弟子と言え。町の勇み肌じゃあない」

「ふふふ、そうでしたね。お弟子さん達は、ここんところ大したものですからねえ。

あたしも少々鼻が高《たこ》うございますよ」

中西道場の快進撃は、お辰の耳にも届いていた。

何といっても、初めて松尾道場に勝利した時は、忠太が六人をこの店に連れて来て、大いに祝杯をあげていた。

この店には忠蔵も飯を食べに来るし、忠太がいない折を見計らって、六人もそれぞれ飯を食べに来るようになっていたのだ。

志乃という浪人の娘に、手伝いに来てもらうようになったのも効を奏した。歳は十六で、弟子達も話しやすく、武家が何たるかを知っているのは心強かった。

中西父子《おやこ》が出入りして以来、近くの武家の奉公人達も店に来るようになっていて、彼らはみな忠太を敬っているから、

「先生、お聞きいたしておりますよ。お弟子は滅法強いんですってねえ」

どこかで小耳に挿《はさ》んできた中西道場の噂は、すぐに忠太の耳に入れないと気がすまない。

自ずとお辰、志乃の耳にも届くというわけだ。

「さあ、そこだ……」

忠太の重い口も、お辰に酒を注がれるとほぐれてきた。

「女将の言うように大したものなのだ。夏場に仕合を申し込まれたところ、奴らは負け知らずでな。最早《もはや》、戦う相手がのうなったというところだ」

「先生も嬉《うれ》しいでしょうねえ」

「ああ、あの馬鹿共が、世間から認められるようになったのだ。これほどのことはなかろう」

「だったら何をお悩みで？」

「奴らは馬鹿ゆえ、辛《つら》い稽古に堪えられるのだが、馬鹿ゆえ人のおだてに乗りやすい」

「おだてに乗ったって好いじゃあありませんか。ますますやる気が出るってもんですよ」

「それは確かに女将の言う通りなのだが、何しろ奴らは馬鹿だからな」

「馬鹿馬鹿って言うんじゃあありませんよ。あらぬ方へ行こうったって、鬼の師範がいちゃあ行くに行けないんだ。ちょっとくらい好い気にさせておあげなさいまし」

「う〜む……」

　忠太はまた考え込んだ。

　確かにお辰の言う通りである。

中西道場の門人達は、皆それなりに辛い想い、口惜《くや》しい想いをしてきているはずだ。彼らには初めて訪れた人生の充実期なのだから、今はそれを大いに楽しめばよい。

この日の稽古も、決して手を抜いていなかった。

仕合での勝利が続くと、ますます負けたくなくなる。

皆一様に、忠太の教えに熱心な眼差《まなざ》しを向けていたし、技の錬度も格段に上がっている。

今は珍しがられていても、その内誰も見向きもしなくなるかもしれないが、それでよいではないか。

むしろ世間が注目してくれている間に、しっかりと世間と向き合い、人に覚えてもらうことが大事なのではなかろうか。

そう思えばこそ、弟子だけを出稽古に行かせたのだ。

弟子達は調子に乗りやすいが、付合いも含めて、今は精一杯剣術に生きていることには違いないのだ。

そのうち落ち着けば、拵え場で眠りこける者もいなくなるだろう。

「まったく困ったもんだ。この先生は時折こんな風に考え込んでしまう悪い癖があるんだよ」

料理に箸もつけず、酒も飲まず、右の手の平で何度も顔を撫《な》でている忠太を眺めながら、お辰は、やれやれという顔をした。

四十をとっくに過ぎているのに、剣術への情熱、夢へ突き進むがむしゃらさは青年の勢いがある。

しかし、何かに行き詰まると、生きることに疲れた老人のごとく押し黙ってしまう。放《ほう》っておけばよいのだが、何か言葉をかけずにはいられない愛らしさが匂《にお》い立つだけに、お辰はやきもきしてしまうのだ。

「馬鹿は馬鹿なりに考えて励んではいるのだ。せっかく翼を広げて羽ばたこうとしているところに、うるさく言い立てても、奴らはただ煙たがるだけであろうな」

やがて忠太は唸《うな》るように言った。

「そうですよ。押さえつけるばかりが大人のすることじゃありませんからね。せっかく空へ飛び立とうというのに、それじゃあ、まっさかさまに落ちてしまいますよ」

「落ちてしまうか」

「切り立った高い崖《がけ》まで連れて行ってあげるのは先生の役目かもしれませんが、そこから飛び上がるのは本人なんですからね」

お辰は、頑固な父親を詰《なじ》る母親のように言った。

「さすがは女将だ。好いことを言う。そうなのだ、おれが奴らにしてきたことは、奴らに厠《かわや》の在《あ》り処《か》を伝え、連れて行ってやっただけなのだ。そこできばるのは奴らだ。おれは奴らの代わりに糞《くそ》はできぬのだ」

「たとえが汚ないですよ！」

「ははは、だがわかり易いたとえだとは思わぬか」

「まあ、そりゃあ……。つまり何ごとも自分で気付いて、前へ進まないといけないところまで来たってことですよ」

「自分で気付く……。うむ、それが大事だな」

忠太の顔に朱がさしてきた。

板場の隅から二人の様子を見ていた志乃は頃やよしと出てきて、

「先生、皆さんのことを馬鹿だ馬鹿だと仰《おつしや》らないでください。このところ、皆さんは日に日にやさしそうなお顔になられています。これも先生のお教えがよいからでございましょうねえ」

にこやかに言ったものだ。

何のけれん味もない、真《ま》っ直《す》ぐで純真な志乃の言葉に、お辰と他の客は一様に心を和ませた。

そして、忠太の表情が火がついたように輝いた。

「なるほど、志乃坊、奴らの顔はやさしゅうなったか」

「はい、わたしにはそう見えますが」

「あたしもそのように見えますがねえ」

横でお辰も相槌《あいづち》を打った。

「それがいかぬのだ」

忠太は自分に言い聞かせるように呟《つぶや》いた。

「え？」

お辰と志乃は目を丸くした。

初老にさしかかった少年――。

そんな表現がぴったりの中西忠太から、その言葉を聞くとは思わなかったからだ。

だが、忠太はどこまでも熱い表情を崩さずに、

「男は、武士は、やさしゅうのうてはならぬ。だが、やさしさは、腹の奥へしもうておかねばならぬものだ。それが顔に出るようではならぬのだよ」

何度も頷《うなず》きながら言った。

「また、おかしなことを言い出したよ……」

お辰は溜息《ためいき》をついた。

「やさしさが顔に浮かんでくる。いいことじゃあありませんか」

「顔に浮かばずとも、おれの弟子は皆、心やさしき者ばかりだよ。女将と志乃坊と話して、何やら目が開かれたようだ。いや、これはありがたい。さて、飯にしよう」

忠太は酒を飲み干すと、それから飢えた若者のように山盛りの飯を平らげた。

そして呆気《あっけ》にとられるお辰と志乃に、こぼれんばかりの笑顔を向けると、

「強くなればなったで気苦労は絶えぬ。剣術の師範など、するものではないのう」

すっきりとした表情となって店を出たのである。

五

その翌日。

中西道場は、いつもの通り師範・中西忠太による、熱のこもった稽古が行われた。

昨日、若杉新右衛門、平井大蔵、今村伊兵衛は、拵え場で眠りこけていたところを、忠太によって顔に落書きされ、ちょっとした恥をかいた。

それは、忠太の悪戯《いたずら》であり、師弟の頬笑ましい出来事であったと思われたが、中西忠蔵はその夕、〝つたや〟で忠太から難しい顔で、稽古先での酒宴について問われた

という。

それを忠蔵に報《しら》され、弟子達に緊張がはしった。

鬼師範のことである。

「稽古先での酒が翌日にまで残っているようで何とする。そのたるみ切った性根を叩《たた》き直してやるわ！」

などと怒り、死ぬほど辛い稽古をさせられるのではないかと恐れたのだ。しかし、意外や忠太はそのことには何も触れなかった。

「お前達はほんに強うなった。立合においての勘にも磨きがかかってきた。だが、仕合に臨んで負け知らずなのは、相手が仕合に慣れていないだけのことだと心得よ。小野道場との仕合に勝つためには、まだまだ心を引き締めぬとのう」

稽古の終りにはそのような訓示は忘れなかったが、これはいつものことである。

昨日の落書きにまつわる話は一切口にしなかったし、この日は安川市之助と新田桂三郎が、播磨《はりま》林田《はやしだ》の大名・建部《たけべ》丹波守《たんごのかみ》の屋敷へ稽古に出向くことになっていたが、

「しっかりと務めて参れ」

としか言わなかった。

そして、さっさと道場の奥へ入ってしまったのだ。

「どうなることかと思ったが、酒の招きについてはそれほど気にかけておらぬようだな」

拵え場で忠蔵は胸を撫で下ろした。

「まず、おれ達も中西道場の名をあげんとして付合いを大事にしているんだ。そこは先生もわかっておいでなのだろう」

新右衛門は、顔に落書きされたことも忘れて調子よく言った。

「だが付合いもほどほどにしないと、そのうち稽古の最中にへどを吐くぞ」

桂三郎が詰るように言った。

彼は御家人の息子であるゆえ、門限などもあり、新右衛門のように羽目を外すことが出来ないので、語気も強くなる。

「まあそう言うなよ。お前だってこの前、拵え場で寝ていたじゃあないか」

「お前のように眠りこけてはいないよ」

桂三郎は口を尖《とが》らせたが、たちまち声が小さくなった。

門限があるとはいえ、桂三郎の父・九太夫《きゅうだゆう》は、出来の悪い三男坊が俄に注目をされ始めたことに気をよくして、

「先方の誘いを無下に断ることもできまい。そういう時は、勝手口からそうっと入っ

てこい」

などと、言ってくれるまでになっているのを、新右衛門は知っているのだ。

「だが、昨日のように、三人揃って討ち死にではみっともないぞ。気をつけねえとな」

市之助が、大蔵と伊兵衛を見て言った。

「市《いち》さんの言う通りだな」

「次からは気をつけるよ」

大蔵と伊兵衛が首を竦《すく》めた。

市之助が何か言葉を発すると、座が引き締まる。

「人が構ってくれるというのも、これはこれで大変だな」

そこで忠蔵が、座を和ませる。

六人のまとまりがよいのは、この年長二人の取り合せが絶妙であるからだろう。

「おれは中西忠太の倅だとわかっているから、あまり強く引き留められないが、相手のあることだから、皆はさっさと帰るわけにもいかぬだろうな」

忠蔵が嘆息すると、他の五人も神妙に相槌を打つ。

「宴席での振舞酒は、滅法うまいから困っちまうよ」

そこで市之助がニヤリと笑う。

六人は屈託のない笑顔を向け合った。

小野道場を破門され、家でも外でも肩身が狭かった五人の剣士。

小野道場においては、中西忠太の息子として一目置かれ、俊英を謳《うた》われつつも、父の道場に入門し直した忠蔵。

合わせて六人の若者は、

「お前達を本当に強くしてやる」

という、触れると火傷《やけど》しそうな中西忠太という風変わりな師範についてここまできた。

その間は、死にそうになるほどの猛稽古を課され、あれこれ剣士の道を説かれ、

「放っておいてくれ!」

と言いたくなるほどのお節介を焼かれ、逆《さか》らおうものなら圧倒的な武芸によって叩き伏せられた。

誰もがこんな稽古についていってよいのだろうかと、何度も首を傾げたものだが、気がつけば六人共に強くなった。

それが不思議でならないのだが、仕合をする度に、同じ年恰好《かっこう》の相手に打ち込む隙《すき》

を与えずに勝てる自分がそこにいる。

これは強くなったということなのに違いない。

確信は、あらゆる喜びになった。

師を信じて稽古に励んだ成果が表れた。

相弟子達が真の友となった。

人が自分をみる目が変わった。

それらの感慨が一気に押し寄せてきたのだ。

以前の六人であれば、この喜びに押し潰《つぶ》されていたかもしれない。

しかし、彼らも大人になった。

六人が一丸となっていれば、おかしな失敗などはするはずがないと信じていた。

ましてや師の忠太は、六人を三組に分けて、諸家の招きに応じさせているのだ。

あれこれ叱られる覚えもない。

「まあとにかく、拵え場で眠っちまうのはよくない。眠くなれば道場の外へ出よう」

「市之助の言う通りだ。墨で落書きされているうちはいいが、目を覚まさせてやろう、素振り三千本だ、なんて言われないうちにな」

忠蔵がその場を締め括《くく》り、六人はこの日の道場での稽古を終えた。

市之助と桂三郎は、意気揚々と建部家の武芸場へ出向き、鞁、袍を着用し、二人で打ち込み稽古を披露し、激しく立合った。

それからは〝いせや〟で立合い、建部家の腕自慢と対決した。

ここでも二人は負け知らずで、家中の者を口惜しがらせたが、

「ははは、我らが強いのではござりませぬ。方々がこの稽古に慣れておいでないだけのことにて」

二人は不良剣士が持つ口のうまさを、存分に発揮していた。

招かれた先では二人に絡んでくる者などいないのだ。心に余裕を持って人付合いが出来るというものである。

「今一度、立合《たちお》うてみましょう」

二人はそう言うと、その場で一番の腕自慢と立合い、

「いや、これは参りましてござる」

「あまり、慣れてもろうては困りまするな」

相手に巧みに技を譲り、しかめっ面をして見せることを忘れなかった。

こうなると相手も上機嫌となり、

「中西先生は、貴殿らが中西道場の剣を会得して、流儀が固まるまでは、出稽古によ

る他家での剣術指南は控えられるとのこと」

「一刻も早う先生にお越し願えるようになりたいものじゃ」

「某《それがし》は既に殿に御推挙《はよ》いたしておる」

「まず、そんな話はところを変えていたしとう存ずる」

中西忠太の指南役就任を望み、二人を酒席に招いてくれた。

何度も、心の内で、

――殺してやりたい。死ねばよいのに。

と毒づいた師・中西忠太も、今では二人にとってはかけがえのない存在である。

あれほど憎んで、尚かつ惚《ほ》れ抜いた男は他にいなかった。

その忠太が、各家から指南役に請われるのは、市之助と桂三郎にとっても嬉しいことである。

そして、忠太が引く手あまたとなれば、

――おれ達の先行きも、明るくなったというものだ。

と思えてくる。

「ところを変えて？」

「まさか、我らを宴に……」

市之助と桂三郎は、武骨さを崩さずに、困った顔を見せる。

「ははは、そのまさかでござるよ」

誘う方はますます機嫌をよくして、

「次の武芸場にお招きするだけでござるよ」

二人を湯島天神《ゆしまてんじん》裏の料理屋に誘ってくれたのである。

「いや、そのようなお気遣いはどうぞ御無用に願います」

「我らはまだ修行中の身にござりますれば」

心にもないことを言って、結局は招きに与《あずか》る。

大抵は屋敷内の御長屋の一室での酒宴となるが、この日は外出となった。

近頃は酒食を出す店も増えてきて、なかなかに珍しい酒、美味《うま》い料理を出してくれる。

建部家は一万石の小大名ではあるが、それゆえあれこれ格式張らずともよいので、台所事情は悪くないらしい。

今日、二人を招いたのは、建部家の勘定方の武芸好きが中心で、うまく費用を捻出《ねんしゅつ》出来るのであろう。

大名家の屋敷にも門限がある。

外出の折は、よい時分になれば席を立てるので、二人にはありがたかった。

一刻ばかり飲んで食べて、自分達の仕合での話を講釈師のように語り聞かせ、

「う〜む、安川殿と新田殿は、真剣での勝負となれば、さぞかし強みを出されるのであろうな」

「型や組太刀だけでは、いざという時にどれほど戦えるか知れたものではないわ」

「これはくれぐれも、御両所を怒らせてはならぬの。はははは……」

家中の士を感嘆させると、

「いやいや、わたしも新田桂三郎も、今日の稽古で皆様から手痛い一本を決められております。建部様の御家中は、人斬り揃いでござりまするぞ」

市之助がうまくおだてて座を盛り上げる。

他愛もない言葉のやり取りであるが、こんな話をしていると大人になったような気がした。

——おれ達は好い弟子ではござりませぬかな。先生……！

そんな想いと共に、二人はこの日も充実した刻を過ごしていた。

だが、その充実ぶりを、彼らが慕う中西忠太は決して快く思っていなかったことに、市之助と桂三郎はまるで気付いていなかった。

もちろん、他の四人の弟子達も。

六

時には腕ずくでも言うことを聞かせる。

中西忠太は、そうして荒くれの弟子達を指南してきた。

何かというと喧嘩沙汰《ざた》に及び、小野道場を破門された連中に、息子・忠蔵を加え、

「正統な剣術師範でいればよいものを、何ゆえできそこないの連中を集めて、己が道場を開いたのだ」

小野派一刀流内外から呆《あき》れられても、

――この六人こそ。

と思って指南してきたのは、彼らが皆一様にぎらぎらしていたからだ。

型や組太刀だけでは、本当に斬り合いになった時、得物《えもの》を取っての喧嘩になった時、役に立つのであろうか。

その疑問を彼らは迷いなく表に出していたからである。

本当の意味で強くなるには怪我をしようと、臆《おく》さず立合をせねば意味がない。

「おれはいくらでもやってやる」

　そう叫ぶと、周りからおかしな奴と見られ、

「剣術は棒切れを振り回してする喧嘩ではない」

　と斬り捨てられる。

「ふん、喧嘩に勝てねえ奴が、斬り合いに勝てるものか」

　と言い立てると、遂には誰からも相手にされなくなる。

　そういう風潮こそおかしいと予々思っていた忠太は、六人の心意気を買い、この連中なら自分が目指す、仕合が出来る剣術稽古を共に探っていけるだろうと、半ば強引に弟子にして鍛えあげた。

　真面目《まじめ》に生きてきた若き剣士なら、すぐにやめてしまったであろう。

　しかし弟子達は、負けん気が強く同じ想いの剣術師範がいるなら、これについてとことん強くなってやろうという太々しさがあった。

　それがあったからこそ、六人はどんな厳しい稽古にも堪えてきた。

　そして、忠太は自分のような変わり者についてきてくれた六人をとことん愛した。

　弟子達のためなら命をかけてもよいと思うほどの情を注いだ。

　その結果が遂に出始めた。

　何が嬉しいといって、邪道だと言われていた、竹刀による防具着用での打ち込み稽

古、怪我なく立合える〝いせや〟による仕合を意識した稽古が、ここへきて認められ始めたことである。

ところが弟子達は仕合に勝てば勝つほど心も落ち着き、〝つたや〟の志乃が言ったように、やさしい顔になってきた。

忠太はそれが気に入らなかった。

「あの鬼師範め、今に見てやがれ、おれの手で引導を渡してやるからな!」

口惜しさをにじませて悪態をついていた頃が懐かしく思えた。

──これでは小野道場酒井組との仕合には勝てぬ。

という気がしてきたのだ。

六人は、諸家の武芸場に呼ばれ、誉《ほ》めそやされ、師の偉大さをも知った。

この調子でいけば、

「小野道場にどれほどの剣客がいるのかしれぬが、大した奴もいまい」

と、既に勝った気になる日も近いはずだ。

六人が近頃仕合をした道場は、何れも名だたる道場であった。

六人がそのような自信を持つのも無理からぬことだが、小野道場とて手をこまねいているはずはない。

近頃の中西道場の動きを耳にして、酒井右京亮は歯噛みしているであろう。

形としては中西忠太が諸流に教えを乞《こ》い、各道場を訪ねたとされているが、諸流の剣術師範達も中西忠太が目指す剣術に、興をそそられ始めたのは明らかだ。

袋竹刀での体を張った仕合には、それなりの実力者を送り込んでくるであろう。

六人は上の空でいるが、中西道場の剣術はあくまで小野派一刀流であり、鞦、袍を着けての竹刀による打ち込み稽古にしても、流儀の型を基にしている。

つまり、剣の筋は同じであり、同年代の剣士でも、錬達者であれば六人の技を見切ることが出来よう。

負けるわけにはいかない酒井右京亮。それに対して、今六人の弟子達は勝利の美酒に酔っている。

つきつめて考えれば、たとえ負けたとしても、ここまでくればよいという想いが、その酔いに含まれているのかもしれない。

六人の顔にやさしさが浮かぶようになったのは、がつがつと勝利を貪《むさぼ》る気迫が薄れたからではなかろうか。

――何ともどかしい。

弟子達をまず強くして、自信からくる落ち着きを与えてやらんとすれば、それが微妙におかしな向きに傾いている。

忠太の胸の内は千々に乱れていた。

そして、六人の顔をやさしくさせている要因は、他にもあるはずであった。

さらにその翌日。

安川市之助と新田桂三郎は、気分も爽《さわ》やかに中西道場にやって来ると、稽古前に忠太の前へと出て、

「先生、昨日は実りのある稽古ができました」

「先様は、先生を指南役にお迎えできるよう、殿様に推挙したいなどと、しきりに申されていました」

少し機嫌をとるように言った。

「左様か、それはありがたいことじゃのう」

忠太は頬笑んでみせた。

「わたしと桂三郎で、しっかりと売り込んでおきましたよ」

「もちろん、深酒などはいたしておりませんので、御安心くださりませ」

二人は報告をすることで、苦労をかけた師に対して、弟子として今の幸せを伝えたいと思ったし、拵え場での惰眠《だみん》を反省しているとの意思表示をしたつもりでもあった。

「深酒をしたとて一向に構わぬぞ」

忠太は物わかりのよい大人の言葉を吐いたが、その顔は笑っていなかった。

さすがに市之助と桂三郎は、ぴくりと体を震わせた。

これを見守っていた忠蔵、新右衛門、大蔵、伊兵衛の動きも止まった。

「浴びるように飲んだとて、次の日は何ごともなかったように剣を揮《ふる》う。それくらいの豪傑でのうて何とする。どれだけ飲めば酒が残るか。もうわかるはずだ」

「はい、それはもう……」

市之助はたじたじとなった。

久しぶりに底冷えがするような、中西忠太の目を見た気がしたのだ。

忠太は一転してにこっと笑い、

「お前達くらいになれば、何ごとも自分で悟らねばのう……」

二人にそう告げると、

「さて、稽古を始めよう。今までは体に術を叩き込んできた。これからは頭を使うのだ。これは体を使うより難しいぞ」

自ら靱と袍を着けて、竹刀を手に稽古場に立った。

六人は、何を始めるつもりであろうと、一様に戦《おのの》いたが、

「よし、かかって参れ」

言った通りに、じっくり間合をとり、力まかせに打つのではなく、いかにすれば忠太から一本を取れるか、よく考えさせて立合い、稽古をつけた。

やはり、まだまだ六人は忠太に一本すら決められず地団駄を踏んだものだが、忠太はそれに対して叱りつけることもなく、半刻ばかりで六人との立合を終えた。

その上で、

「今日はこれから、所用あって外出をするゆえ、皆で稽古を続けるようにの」

と、言い置いて、そそくさと道場を出たのであった。

六人は、何やら拍子抜けがした。

今日あたり、顔への落書きの一件が突如蒸し返されて、

「お前達、顔の落書きですむと思うたのか。おれはこのところ、拵え場で眠りこけるお前達の間抜けな姿をこの目で見ていたのだ！」

などと怒り出して、素振りを二千本ほどさせられた後、いつ終るかもしれない打込み稽古をさせられるのではないかと、六人共密《ひそ》かに恐れていたのだ。

「忠《ちゅう》さん、先生はどこへ行ったんだい？」

弟子達は、一斉に忠蔵を見た。

「さあ、恐らく築地《つきじ》の御屋敷だと思うのだが……」

中西家の主君、奥平家の上屋敷がそこにある。

一人でぶらりと出かけたのではなく、老僕の松造を伴って道場を出たようであるから、役儀での外出かと思われた。

忠太とて主君ある身である。出かけることもある。

あまり気にすることもないだろうと、忠蔵は言った。

父であっても師であり、入門後はすっかりと稽古以外での会話が減っていた。

中西道場での日々が落ち着くに連れて、他の五人は忠蔵が稽古後にも続く師との暮らしに堪えていることへの尊敬を募らせていた。

それと共に、友としては忠蔵に穏やかな日常を過ごさせてやりたいと考えるようになった。

それが、このところの快進撃で、中西父子にも新たな春が訪れたのではないかと見ていて、ほっと胸を撫で下ろしていた。

忠蔵にしてみれば、子供の頃から父親は情熱の人で、己が想いを貫くあまり暴走することもしばしばであったため、皆が思うほど父を大変だと感じたことはなかった。

すっかり慣れてしまっていたのである。

だが、仲間達が自分を日々気遣ってくれた温かさは、父と暮らしてきた日々にはなかったものであり、それが嬉しい。

忠太と弟子達の繋ぎ役を務めるのは何の苦にもならなかったし、やがて中西道場を受け継ぐ者の責任と自覚を自然と身につけていた。

今日は、ひとまず五人を安心させようと思って、咄嗟《とつさ》に奥平家への出仕だと告げたが、

――父はまた、何かを企《たくら》んでいる。それだけは確かだ。

と、内心穏やかではなかったのである。

七

老僕の松造を供に出かけた中西忠太であったが、その足は築地の奥平家上屋敷へは向いていなかった。

行く先は薬研堀《やげんぼり》の傍にある儒者の家であった。

「松造、そなたは我が弟子達が皆、やさしい顔になったと思うか?」

道中、忠太は訊ねた。

日頃から口数少なく、主《あるじ》に問いかけられても、

「はい、左様でございますねえ」
と、相槌を打ってばかりの松造である。
今も、同じ応《いら》えを返したが、
「よほど、毎日が楽しいのでございましょうねえ……」
さらにそう付け加えた。
松造の目にも、六人の表情から満ち足りた光が放たれているのがわかるらしい。
若い頃は、それなりに暴れもして、無頼の徒に交じったりもした松造である。
不良達の変化には敏であった。
「ふふふ、で、あろうな……」
忠太はニコリと笑って歩みを進めた。
松造の目から見ても六人の顔から、やさしさが滲《にじ》み出ているらしい。
そして、言葉の調子から松造もそれを喜んでいないと、忠太にはわかる。
――少しばかり強うなるのが早かった。
忠太はつくづくと弟子を育てる難しさが身に沁《し》みていた。
弱ければ強くしてやりたい。だが強くなれば一旦そこで成長が止まる。
彼は何よりも、小野道場酒井組との仕合に勝つことで、六人に自信とこの先のやる気をつけさせてやりたい。

まずそこに向けて、六人を鍛えるべきであったのだが、その間合がずれたのだ。

これを修正するのはなかなかに難しい。

忠太はその答えを求めて、今さ迷っているのである。

やがて、庵《いおり》風に拵えられた一軒の家が見えてきた。

それと共に流麗な琴《こと》の音色が聞こえてきた。

その家が目指す儒者の家なのだが、ここでは儒者が手習い師匠を務める傍らで、手習い所を時に琴の稽古場として貸しているのだ。

主に近くの武家娘達が習いに来ているので枯れた味わいの庵にも、花が咲き誇ったような風情《ふぜい》が漂っている。

忠太は庵の前で足を止めると、

「松造、ここから方々廻《まわ》るゆえ、そなたはどこかで遊んで参れ」

と、老僕に頬笑んだ。

「そんな……、遊んで参れなどと……」

松造は大いに恐縮したが、

「よいから羽を伸ばしておくれ。おれも弟子達も、このところはよい想いもしていると申すに、そなたは中西家のこと、道場のことで息つく間もなかったゆえにのう」

忠太は松造の手に二分を握らせて、

「日が暮れた頃に戻ればよい。その間、おれも好きにするさ」

ぽんと肩を叩いた。

松造は瞳《ひとみ》を潤ませながら畏《かしこ》まって、

「先生に前々からお願いしたいことがございました。厚かましさついでに申し上げます」

「おう、前々からというのが気になるのう。いったいどうした？」

「はい、わたしにも一度、剣術のお稽古をつけていただけないかと……」

「ははは、何だそんなことか。そういえば、松造に手ほどきをしたことはなかった」

「畏れ多くて、お願いできませんでした」

「よし、わかった。松造だけの稽古を考えておこう。恐れずともよい。素振り二千本！　などとは言わぬよ」

「忝《かたじけの》うございます」

「そなたも中西道場の門人の一人であるゆえにな。ははは、楽しみじゃのう」

忠太は高らかに笑うと、

「さあ、行くがよい」

その場で松造と別れた。

その途端、琴の音が止《や》んだ。

やがて表に琴の師匠が出て来て、忠太に頭を下げた。

先ほどから弟子達と共に、美しい琴の音を響かせていたのは、安川市之助の母・美《み》津《つ》であった。

「いや、これは申し訳ないことをいたしました。うっかりとして、表を騒がせてしまいましたかな」

忠太は頭を掻《か》いた。

松造と話すうちに、気持ちが激してきて、つい声が高くなったらしい。

「いえ、ちょうど一休みしようと思っていたところでございまして」

美津はほがらかに応えた。

相変わらず美津は美しい。うりざね顔に柳腰、肌は雪のように白い。

後家の身で琴の師匠をしながら市之助を育ててきたが、それほど体は丈夫でなく、市之助は母の身を案じるあまり、剣客として生きたい想いを抑えた時もあった。

好きな道を歩めば、それだけ母に負担がかかると悩んだのだ。

それが市之助の心を荒ませ、喧嘩に明け暮れる日々を歩ませ、美津も随分と心を痛めたものだが、中西忠太との出会いによって、市之助は母の後押しを素直に受けて剣に励んだ。

すると、忠太と出会って一年もせぬうちに、すっかりと剣の才を開花させ、旗本、大名家の剣士達から注目される存在となった。

母子《おやこ》は大いに喜び合った。

息子の充実ぶりをまのあたりにしていると、美津の体の具合も次第によくなり、白い肌には艶《つや》が出てきたようだ。

「そろそろお訪ねくださるかと思うておりました」

美津は少しほっとした表情を浮かべて忠太を見た。

苦労を重ねて息子を育ててきた美津には、このところの幸せの裏側には、とんでもない落し穴が潜《ひそ》んでいるかもしれないという不安が既にもたげていたのであろう。

今日の忠太のおとないで、それがはっきりとしたのが、彼女の心を楽にさせたようだ。

「確か堀端に掛茶屋が出ているはず。外の風に当りながら、茶などいかがでござるかな」

「はい……」

「初めに申し上げておきますが、市之助はよう励んでおりますし、何かしでかしたわけでもござらぬ。お訊ねしたきことがござってのう」

美津に異存はない。ただ、琴の弟子に休息を告げ、忠太と二人で薬研堀の岸辺へと出た。

日射《ひざ》しは強かったが、巧みに葭簀《よしず》を床几《しょうぎ》の周りに巡らせた茶屋は、風通しもよく、初秋の陽光から二人をやさしく守ってくれる。

「ありのままお応えいただきとうござる。市之助は近頃、家《うち》の台所廻りの用などをこなしておりますかな」

茶を注文すると、忠太はすぐに訊ねた。

「このところは、させておりません」

美津は、忠太が何を聞きたいのか察して、恥ずかしそうに言った。

「なるほど、させておりませぬか」

忠太は静かに言った。

過日、忠太は家へ帰っても木太刀を揮う弟子達の剣術への取り組みを称えつつ、

「何でもよいから、日々、親への恩を忘れておらぬという証《あかし》を立てるのだ」

と、申し付けた。

「どんな小さなことでもよい。日々、少しでよいから、親達の助けになれ。それがきっとお前達の剣の上達に返ってくるはずだ……」

小さな徳を積むことが人には大事なのだと思ったからだ。

その上で、安川市之助には、

「お三《さん》（台所仕事）を手伝え、時に琴の出稽古先へお袋殿を迎えに行くのだ」

と、申し付けた。

――またおかしなことを言い出したぞ。

弟子達は仕方なく親の助けをしたものだが、不良息子達が突如として猛稽古の合間に家の手伝いなど始めたので、親達は大喜びしてそれを受け留めた。

親というものはその喜びを息子に返してやろうとするものだ。

町で暴れていることを思えば、剣術に打ち込んでいる方がましだが、一日中竹刀を振り回していて大丈夫なのか――。

そんな風に、いささか突き放して見ていたのが、息子の剣術修行を応援してやろうという気持ちになった。

弟子達はそれによって、少しばかり家の手助けに刻を費やさねばならなかったものの、かえって稽古に打ち込めるようになった。

これが、中西道場の快進撃に繋がったわけだが、市之助はこのところその手助けをしていないようだ。

「させておりません」

というのは美津の親心であろう。

「方々の招きに忙しい……。今は自分のことだけをしていればよい。というところでござるかな」

忠太は溜息交じりに言った。

「はい……」

中西道場での稽古の後に、諸家の招きを受けるのは毎日のことではない。

市之助はそれ以外の日は、美津の家事を手伝ったり、琴の運搬などの手伝いは出来るはずであった。

「今が大事な時ゆえ、わたしのことは構わずともよいと、市之助には申し伝えたのでございます」

美津は申し訳なさそうに言った。

思った通りであった。

親の手助けをし始めた息子に喜んだ美津は、市之助が世の中から認められつつあると知れると、喜びが突き抜けて自分の感情が抑えられなくなってしまった。

市之助の話によれば、他道場との仕合では負け知らずで、相弟子と三組に分かれて、大名・旗本の武芸場に招かれるようになったというのだから、僅《わず》かな間の変貌《へんぼう》ぶりに取り乱したのだ。

こうなると、今の好機を逃がしてもらいたくはない。その想いが募って、市之助が何か手伝おうとすると、

「そんなことをしなくても構いませんから、あなたは今のこの大事な時を、精一杯過ごしなさい」

叱りつけるように言って手伝わせなかったのである。

「馬鹿でございますねえ。中西先生に一言申し上げてからそうすべきものを、真《まこと》にお恥ずかしゅうございます」

美津は深々と頭を下げて、

「市之助は、わたしが甘やかしたせいで、気持ちが緩んでしまったのでしょうか」

上目遣いに訊ねた。

「いや、先ほども申し上げたように、市之助はよう励んでおります。顔つきにはさらにやさしさが出て、実によい男になってきましたぞ」

「畏《おそ》れながら、わたしの目にもそう映っております」

「だが……」

「勝ちたい、強くなりたいという執念が薄れてきた。先生はそうお思いなのですね」

「いかにも」

忠太はにこりと笑った。

やはり美津はそれに気付いていた。

忠太自身が感じていた弟子達の変化が、自分だけの思い過ごしでないか、彼は確かめたかったのだ。

「肝心要《かなめ》の仕合に敗れてしまえば、折角今まで積み上げてきたものが、崩れ去るのではないか。ここへきて、それが案じられてならぬのです」

「左様でございますねえ……」

「とは申せ、この折に名を売るのも、剣客を目指す上では大事でござる。それゆえわたしも、方々からの誘いは断りませなんだ。むしろ、しっかり売り込んでこいと励まして参った」

「この辺りで潮目を変えねばならないとお考えで？」

「そう考えております。自分で弟子達を甘やかしておきながら心苦しいことでござるが、少々の奇策を講じ、荒療治を施さねば、間に合わぬかと思いましてな」

「その折は慌てぬようにと、わたくしに……」

「いかにも。女親であるからと見くびっているわけではござらぬ。だが六人の弟子の親を見廻せば、貴女《あなた》が誰よりも大変な想いをされているはず。それゆえ予《あらかじ》めお伝えしておこうと。また、一人くらいわたしの想いを知っている親御がいると何かと助かる」

忠太は大きく頷きかけた。

「わたしは市之助を先生に託しております。何ごともお想いのままに……」

美津はしおらしく頭を下げた。

八

中西忠太が企む奇策。荒療治とは、弟子にではなく、その親達に向けたものであった。

親の中には自分も含まれている。

弟子達を集めて、親の助けをして小さくてもよいから徳を重ねるようにと、忠太は申し付けた。

安川市之助に対しては、女手ひとつで育ててくれた母・美津の家事を手伝い、時には琴の運搬も手伝えと言った。

そして我が子・忠蔵には、老僕の松造の手助けをするようにと言った。

しかし、このところは忠蔵も多忙で、なかなか松造の仕事を手伝うところまで余裕はなかった。

松造にしてみても、主の嫡男が剣の才を認められ始めたというのに、奉公人の自分の助けまでしてもらうことに気が引ける。

ただでさえ、

「若様、そんなことはわたしがしておきますのでどうぞご無用に……。そうでございますか？　それでは、これだけお片付けいただけたら嬉しゅうございます」

万事こんな調子であったのだから、忠蔵が何か手伝おうとするものなら、

「今は大切な頃だとお聞きいたしております。あれこれ他になさりたい用もおありでございましょう。先生にはよい具合にお伝えしておきますゆえ、お気遣いはどうぞなさりませぬように……」

と、手伝わせなかったのだ。

忠蔵も身内の一人であると思っている松造にはつい甘えてしまう。

次に武家屋敷の武芸場に招かれた折には、どんな演武を見せて驚かせてやろう。剣術談義となったら、小野派一刀流・中西道場の剣の特徴をどのように語ればよいのであろう。

忠蔵の頭の中は、それで固まってしまっている。

松造の自分への忠義をありがたく受け取り、道場以外の家事は任せきりになっていた。

忠太もその様子をわかっていながら、気付かぬふりをしていたきらいがある。

弟子達の束ねになるのは、忠蔵に課せられた使命のようなものであるし、稽古が終ってからも道場に暮らす忠蔵には、一人で稽古が出来る利点よりも息抜きがしにくい負担の方が大きい。

忠太は親としては、それがいささか不憫《ふびん》であり、

――まあ、よいか。

と思ってしまっていたのだ。

美津を出稽古先に訪ねた折、松造に小遣いを与え、遊んでこいと言ったのも、松造に対しての労《いたわ》りと、ちょっとした詫《わ》びの気持ちが交じっていたのである。

――何れも親は同じであろう。

やっと訪れた我が世の春に、溺《おぼ》れることもなく稽古に励んでいるのである。

――家のことなど、まあ、よいか。

親は皆、そのようになってしまうのであろう。

――馬鹿を見たけりゃ、親を見ろか。

忠太は、それから通旅籠町《とおりはたごちょう》の平井大蔵の父である町医者・平井光沢《こうたく》の住まいを訪ね、続いて大伝馬町《おおでんまちょう》へ、今村伊兵衛の父・住蔵《じゅうぞう》が営む木綿問屋〝伊勢屋《いせや》〟を訪ねた。

大蔵と伊兵衛には、しっかりと家業の手伝いをするように申し付けたのであったが、案に違《たが》わず、光沢も住蔵も同様であった。

二人共に、忠太の姿を見ると、抱きつかんばかりに出迎えて、よくぞあの出来損いをここまでにしてくださいましたと涙ぐみ、

「わたくしまでが、方々の御屋敷に往診をさせていただくようになってございます」

と、光沢が感謝したかと思えば、

「手前共の方へ〝いせや〟の問い合せがきたことがございまして、はは、それはこちらの売り物ではございません。中西先生が拵えたものに、まあわたしは少しばかりお手伝いをさせていただいただけでございますと、自慢げに話させていただきました」

住蔵は、興奮気味に語ったものだ。

そして何れも、

「倅には、もううちのことなど何もしなくてもよいから、剣術だけをしっかり身につけて、御屋敷では粗相のないようにと、それだけは言い聞かせてございます」

と、忠太に言ったものだ。

話にならなかった。言い聞かせるべき意味合いが違うし、美津のように子の手助けを拒んだことへの後ろめたさなど微塵《みじん》もない。

忠太はいささか当惑して、引き留めるのも固辞し両家共に立ち去った。

今の二人には、詳しく語ったとて自分の想いは届かないと思ったのだ。

そして、御徒町《おかちまち》へと向かった。

ここには新田桂三郎の父・九太夫の屋敷があった。

九太夫は幕府の走衆《はしりしゅう》を務めているのだが、この日は非番で屋敷にいるはずであった。

忠太が桂三郎に課したのは、それまでいがみ合っていた二人の兄を敬い、兄から学問を学ぶようにとのことであった。

その頃、酒井右京亮の中西道場への切り崩しで、長兄・彦太郎《ひこたろう》が、本家からの甘言に乗り、桂三郎を小野道場へ復帰させんと画策した一件が起こり、新田家は揉めに揉めた。

しかし、九太夫は彦太郎を叱責《しっせき》し、それ以後は師の教えを守り、不仲の兄を敬い学問を学ばんとした桂三郎を見直した。

忠太は、どちらかというと長い物に巻かれて生きてきた感のある番方武士の九太夫が、思いの外に硬骨の士であったことに感じ入ったのであるが、訪ねてみると、

「先生、よくぞお越しくださりましたな」

件《くだん》の光沢、住蔵よりも勢いよく、興奮の面持ちで迎えてくれた。

「某の方から御礼に伺おうかと思うておりましたが、それでは稽古のお邪魔になるかと思われまして……」

七十俵五人扶持とはいえ、門人の親の中では唯一の将軍家直参の番方である。息子の活躍が、どの親よりも外から心地よく耳に入ってくるのであろう。興奮の度合が大きかった。

「畏れ入りまする。その後は、兄者二人と仲ようしているかと案じておりまして」

九太夫の叱責で、長兄・彦太郎は桂三郎に対して面目を失っていたはずだ。おまけに、小野道場への復帰を勧めた折、これに憤った桂三郎に、部屋から庭に突き落とされるという屈辱を与えられていた。

それもこれも、自分が蒔《ま》いた種であるのだが、桂三郎とそれ以後、仲よくしているとは思えなかったのだ。

「兄二人？　ははは、桂三郎には気性が合わぬなら、わざわざ近付くこともないと申し伝えておりますゆえ、御懸念には及びませぬ」

しかし、忠太の意図に反して、九太夫はこれを一笑に付した。

兄弟も三人いれば、それぞれ気性も違うのである。これまでは暴れ者で、小野道場を破門になった不肖の弟だと、彦太郎、益次郎《ますじろう》の二人は桂三郎を疎《うと》んじていた。

だが、今となっては小才子の長兄、小心者の学問好きである次兄などより、はるかに桂三郎の名は世間に響いている。

新田家の本家筋が、桂三郎と反目する酒井右京亮に取り入らんとしていて、九太夫にとっては辛い立場にあったのだが、それも一時のことであった。

本家にも酒井右京亮にも頼らずとも、桂三郎は大名、旗本諸家から招かれて方々の屋敷に出入り出来るまでになっているのだ。

今は桂三郎の思うままにさせてやるべきだと九太夫は考えている。

確かに無理に兄を敬えというのも、かえって仲違いを生むかもしれないが、

「では、屋敷へ戻ってから、桂三郎は学問を兄者に習うことも……」

「ははは、学問などいたさずとも、我が新田家は代々武芸第一で参ったのでござる。今は書を読む間があれば、木太刀を振っていればよいと申しております る」

九太夫は豪快に笑った。

――新田殿まで舞い上がっている。

忠太は嘆息した。

型稽古にこだわらず、いざ斬り合いとなった時に役立つ剣術を学び、今の剣術界に風穴を開けんとする息子の暮らしぶりに親達は当初戸惑っていた。

そんな剣術を習えば、ますます荒くれていくのではなかろうか。しかし、そういう危険と隣合せにある稽古によって、息子の性根が叩き直されていけばよい。

中西忠太という師範は、ただ強くするだけでなく、親に楽をさせてあげなさいと申し付けるなど、なかなか他所《よそ》にいないおもしろさを備えていた。

だが、息子が本当に強くなり、珍しい剣術が評判をとると、忠太の手腕を高く買い感謝をしつつも、子供達へはつい甘くなってしまった。

頑張っているのだから、家ではあれこれ考えず、さらなる剣客としての修行に励んでくれたらこれほどのことはない。

親達にとっての善は、子供が稽古に没頭することであり、自分達の手伝いをさせるなどは悪でしかないらしい。

忠太は罰として、子供達に家を手伝えと言ったわけではなかった。

剣術の稽古だけでは身につかない〝何か〟を会得してもらいたかったからだ。

ここ一番というところで、実力が伯仲する相手に勝てるかどうかは、その〝何か〟が大事だと忠太は思っている。

ここでも忠太は、九太夫に己が想いを語ることなく新田邸を辞した。

中西道場を取り巻く事情は決して悪くない。

――悪くはないが、親も子供も浮かれている。

こんな調子はいつまでも続かないであろう。

中西道場の剣術を物珍しげに見ている武家も、さりとてすぐに防具着用による竹刀打ち込み稽古を導入はするまい。

諸家の武芸は閉鎖的なものであり、剣術好きの腕自慢が、中西忠太の剣術をいくら称えても、長く続いた御家の流儀は、それなりに家中の権力と結びついているため、しばらくはこれ以上の進展はないはずだ。

そうして、諸家からの招きが一旦途絶え、親も子も夢から醒めた時、一度緩んだ勝利へのがつがつとした執念もまた、どこかに消えていよう。

そんな頃に、酒井組との仕合がいよいよ実現すれば、今の快進撃のように勝てるであろうか。

「いや、ここまでこられたのだから、たとえ仕合に負けたとて、先に希望が見出《みいだ》せるではないか」

そんな言い訳を親が用意して、そういう想いに感化され、

「まず、こ度のことを胸に刻んで、次の機会を窺《うかが》おう」

子達は、先のことを見据え、何が何でも仕合に勝つのだという気迫の前に、負けたとて明日があると楽な方に気合を移すのではなかろうか。

――それでは勝てない。

親子共に、今すぐに浮かれた想いから脱却しなければならない。

多摩にいる若杉新右衛門の親以外を訪ね歩いて、忠太は暗澹《あんたん》たる想いに沈んでいた。

人によっては、今のこの勢いを何とか維持して、自信たっぷりに酒井組との仕合に臨めばよいと思うだろう。

しかし、忠太は自分の負けそうになる心を冷静に見つめることで、小野次郎右衛門《じろうえもん》忠一《ただかず》の高弟として人に認められるまでになった剣客であった。

皆同じように辛い稽古を積んでいるのに、優劣が出来てしまうのは、肝心なところ

で自分の実力を最大限発揮出来るかどうかである――。

　これが忠太が剣術修行で得た何よりの極意なのだ。

　仕合稽古をして立合に慣れさせないといけないという想いから、少しでも多くの他道場との仕合を組んだのが裏目に出たのかもしれなかった。

　――さて、何をもって夢から醒めるか。

　御徒町から、練塀小路への帰路へと向かうと、もう日も傾いていた。

　忠太の体を夕陽《ゆうひ》が赤く染め始めていた。

　忠太は不思議と夕陽との相性が好い。これを浴びれば頭が冴《さ》えてくるのだ。

「よし……」

　その効能あって、何かを思いついた忠太は、思わず駆け出していた。

　考えがまとまると、走らねばいられなくなる。四十を過ぎてもこの癖が治らぬのが、この男のおもしろさでもある。

九

「おい！　いったいどうなっているのだ！」

　中西道場の門人達の親の中で、唯《ただ》一人気を吐く男がここにいる。

若杉新右衛門の父・半兵衛《はんべえ》であった。

多摩八王子で名主を務める剛直な郷士で、この度は中西忠太からの文《ふみ》を受けて、息子の許《もと》へとやって来たのである。

いきなりのおとないに、新右衛門は慌てふためいた。

彼は高砂町《たかさごちょう》の借家にいて、そろそろ出かけようかというところであった。

「どうなっている……、と申されますと……」

日頃は周囲を呆れさせるほど饒舌《じょうぜつ》な新右衛門も、父の前では言葉が出ない。

「このところ、練塀小路での稽古が取り止めになっているというではないか!」

「先生から文が……?」

「いかにも文が届いた。このところ門人達は、方々からの招きが忙しく、当分の間稽古は門人達に任せてみようと存ずる、とあったわ」

「はい。そういう仕儀に相成りましてござりまする」

「たわけが! それがいったいどうなっているのだと申しておる!」

「まず、お上がりくださりませ」

新右衛門は、土間で供の奉公人を従え仁王立ちしている半兵衛を宥《なだ》めて家へと上げた。

――相変わらずうるさい親父だ。

この夏の快進撃と世間からの厚遇については、八王子に報せてあった。

「倅よ、励んでおるな！」

まずそう言わずに、いきなり叱りつけるのは自分の親だけであろう。

新右衛門は、内心うんざりしながら文についての事情を語った。

数日前に、新右衛門は道場の拵え場で眠りこけ、忠太に墨で顔に落書きされた。

その後、忠太は用があって弟子達に稽古を任せ何度か道場を出た。

するといきなり、道場を忠蔵に預け、鉄砲洲《てっぽうず》の奥平家中屋敷に入ってしまったのである。

弟子達も一通りの成果をあげたので、今は方々からの誘いもあるゆえ、それをこなし、自分達がしたいように稽古をすればよいと言うのだ。

こういう機会に忠太も主家の稽古場での指南をこなしておきたいのだろうが、いきなり六人の弟子を放っておいて道場を空けるとは解せなかった。

当然のごとく、臨時道場主となった忠蔵に、

「今、奥平様に詰めねばならない理由《わけ》でもあるのかい？」

門人達は訊ねたものだが、忠太とて宮仕えの身であるから、今が主家の用をすませ

ておくよい機会と捉えたとておかしくはない。

忠蔵は、父がまた何かを企んでいるような気はしていたが、話の筋は通ってはいる。

そもそも、何を弟子に強いるかわからぬ師であるから、そういう意味でも六人はこういうことに慣れてしまっていた。

「まあ、そう言うなら、おれ達は従うしかないと思うが……」

忠蔵は、相弟子にそう告げるしかなかった。

中西道場は開いているのだ。

六人で同じように稽古をして、他所からの誘いには六人全員で出かけることにした。

その方が、六人にとっても出稽古先で相手に困らないし、六人となると先方も大層な宴席はなかなか開きにくいので、気が張ることもない宴席を終えてから六人だけで、〝つたや〟に繰り出し、楽しい一時を過すことが出来るというものだ。

中西忠太のことだ。どうせここぞという時に六人の前に現れて、

「さあ、いつまでも祭りは続かぬぞ！」

と、来たるべき小野道場酒井組との仕合へ向けての稽古をしてくれるのであろう。

「それまではまあ命の洗濯だな」

と市之助が言えば、

「鬼のいぬ間にな……」

と新右衛門はすかさず応える。

それで、ここ数日は実に楽しい日々が続いていた。

新右衛門は、もちろんすべては父・半兵衛に告げず、楽しいとも言わず、

「まずそういうわけで、今はしばしの間、我らで励んでいるのでござりまする」

しかつめらしい表情で説いたものだ。

「お前達で励んでいる……？」

半兵衛はにこりともせず新右衛門を見た。

「はい……」

「他の門人達の親は、それをよしとしているのか」

「それはもう、親御は皆、何ごとも中西先生に任せておけばよいと。何と申しましても、今我らは方々で評判をとっておりますから、とにかく喜んでおられましてね」

「なるほど、親達は皆、出来が悪かった倅が剣術で評判をとるようになって、嬉しさのあまり今は何も見えぬか」

「親父様は、わたしが強うなって、方々の武芸場に招かれるようになったことを喜んではくださりませぬか？」

「喜んではおる。だがそれよりも尚、首を傾げておる。親が甘い顔を見せているのをよいことに、すっかりと思い上がっておる相弟子達に、お前も同調しているのではないのかとな……」

「いえ、お言葉ではございますが、我らは決して思い上がっているわけでは……」

「たわけ者めが！」

半兵衛はついに怒りの声をあげた。

「おれはまだ中西忠太先生と会《お》うたことはないが、時折もらう文で、その人となりはわかっているつもりだ。中西先生が、このような時分に、お前達だけを置いて道場を留守にされるはずがなかろう。あったとしても、お前は何ゆえ師の前に手を突いてでも、お引き止めせぬのだ！　お前達は、中西先生あってのものであろうが！　おれは、先生からの文を受け、これを一読しただけでわかった。先生は、弟子にも、その親にも、何かを気付かせようとして、奥平様の屋敷へ入られたとな」

新右衛門はすっかりと半兵衛に気圧《けお》された。

自らも神道《しんとう》流剣術を修め、八王子では恐れる者のない豪傑である父だが、これほどまでに恐ろしかったであろうか。

「先生が我らに何かを気付かせようとして……」

そうなのかもしれない。弟子達は心の奥底では、中西忠太が何か企んでいるかもしれぬと思いつつ、今の暮らしが心地よく、皆一様に気付かぬふりをしていただけなのかもしれない。

しかし、そうだとは恐ろしい父の前では言えず、新右衛門が口を噤んでいると、

「新右衛門！　お前はこれから相弟子のところを廻って、若杉新右衛門の父・半兵衛が皆さまとお会いして、是非お話ししたき儀があるゆえ、御足労ながらお出まし願いたいと、親達に伺いを立ててこい。よいな！」

と、激烈なる勢いで申し付けたのである。

十

翌日の昼下がり。

中西忠太は鉄砲洲の奥平家中屋敷の武芸場で、中屋敷詰めの家中の士達に、小野派一刀流の組太刀を指南していた。

韍、袍という稽古用の防具を開発し、四つ割の竹刀による打ち込み稽古を確立せんとする忠太であるが、主君・奥平大膳大夫昌敦《だいぜんのだいぶまさあつ》に披露したものの、

「確《しか》と剣術として成り立つまでは、家中の者達にはまだ指南はできませぬ」

と言上し、奥平家の屋敷内での武芸指南においては、まだ旧態依然とした一刀流の稽古をするに止めていた。

みっちりと、型、組太刀の稽古をするのもやはり大事であると、奥平家の武芸場に来ると思い知らされる。

しかし、主君・昌敦が中西忠太に、気儘《きまま》な剣術修行を許しているのは、忠太なら今までにない剣術を家中の士にもたらしてくれるであろうとの期待を込めてのことなのだ。

型と組太刀で一日を送ると、愛弟子《まなでし》六人との実戦を意識した打ち込み稽古が恋しくなる。

今の充実ぶりに浮かれている弟子達と、その要因を生んでいる親達。

こんな調子でいれば、今はよくとも先で必ず行き詰まる。彼らを一旦突き放し、それを親子共々自分自身で気付かせないといけない。

忠太が出した結論は、中西道場での稽古を意図的に弟子だけに任せてしまうことである。

夏の初めに忠太は主命で、常陸土浦《ひたちつちうら》へ出稽古に赴いたが、それも数日と決まっていたし、留守の間には忠太以上に変わり者でしかも凄腕《すごうで》の、神道無念《むねん》流・福井兵右衛門を、目付役に置いて出た。

それがこの度は、特に期限も切らず、師範代を置くこともなく主家での稽古のためだと道場を出て、中屋敷に籠《こも》ってしまった。

今の弟子達はそのようにしたとて、日々の暮らしが楽しいゆえに、困りはするまい。

だが、その楽しさの中で、自分達が一番大事にしていた負けぬ気が、色褪《いろあ》せていることに気付いてもらいたかった。

親達の中でも、安川市之助の母・美津は、今の忠太の気持ちをわかってくれるであろう。

そして、もう一人親達の中で大きな期待が持てる男がいた。若杉半兵衛である。

顔を合せたことはないが、息子を預かっている以上、誰の親よりも丁寧にその成長ぶりを伝えねばならぬと、せっせと文を認めた。

すると相手も、忠太の心遣いに感じ入って文を返してくれた。

内容は一貫して、

「文を一読すれば、先生の漢気《おとこぎ》がわかります。ゆえに倅は、煮て食おうが、焼いて食おうが、お好きにしてくださればようございまする。わたしは滅多なことでは、しゃしゃり出ませせぬが、やがてそういう日が来て、先生にお目にかかるのを楽しみに生きておりまする」

というものであった。

門人の親は、誰もが好感を持てる者ばかりであるが、皆が心やさしく、子供への愛情に正直である。

しかし、若杉半兵衛は一筋縄ではいかぬ男で、感情の折れ曲がり方が忠太に似ている。

この度もまた、忠太は中屋敷に逗留《とうりゅう》すると決めるや、八王子に文を送った。

文を一読するや、今度こそは〝しゃしゃり出てくる〟のではないかと忠太は期待した。

江戸から離れ、倅と分かれて暮らす半兵衛は、忠蔵の父・忠太も含めて、誰よりも外から冷静に今の中西道場を見ているのではなかろうか――。

その忠太の想いは届いた。

中西道場を出て中屋敷へ入ってから、まだ三日しか経《た》っていないというのに、弟子達六人を引き連れて、伊勢屋住蔵、平井光沢、そして若杉半兵衛が忠太を訪ねて来たのである。

本来ならば、新田九太夫も安川美津も来たいところであったが、九太夫は役儀があり、美津は女の身で大名屋敷に押しかけるのが、忠太の迷惑になろうと遠慮をしたらしい。

忠太は取次の武士に頼み、武芸場に隣接する書院の広間に一同を通してもらった。

神妙な面持ちで入って来た六人は、道場で会う中西忠太とは違う、奥平家十万石の剣術指南役の威風にたじろいだ。

引率する三人の親達の中に、忠太にとって初めて見る顔があった。

忠太には、それが若杉半兵衛であるのがすぐにわかった。

切れ上がった太い眉《まゆ》。端整な顔の中に豪快さが漂う……。

思った通りの人となりであった。

忠太の顔に笑みがこぼれた。

半兵衛も同じく笑みを返し、

「初めて御意を得まする。若杉半兵衛にござりまする。いよいよ本日は、しゃしゃり出て参りましてござりまする」

と、畏まってみせた。

「これは、お待ち申し上げておりましたぞ。中西忠太でござる。伊勢屋の主殿も、光沢先生もわざわざのお運び忝うござる」

忠太が応《いら》えを返すと、住蔵と光沢も畏まって、

「とんでもないことでございます。押しかけまして申し訳ございません」

「昨日、半兵衛さんの肝煎《きもいり》で、親達が五人集まりました。そこで色々と話をいたしまして、今日はまずわたし達三人で、先生にお願いにあがらねばならないと存じまして

……」

口々に申し立てたものだ。

「願い……、でござるか……?」

忠太は首を傾げてみせたが、半兵衛はにこにことしている。

昨日。

忠太の文を受けて、江戸へとんで出て来た半兵衛は、息子・新右衛門を追い立て回して、自分以外の四人の親を、逗留先の旅籠へと集めた。

親達は何ごとかと訝《いぶか》しんだが、このところ快調な働きを見せてくれている息子を思うと、八王子から半兵衛が出てきた機会に、五人揃って、喜び合うのもよかろうとなった。そうして各自都合をつけ、夕刻に半兵衛が宿りと決めた、大伝馬町の旅籠に参集したのである。

「思えば、こうして一堂に会するのは初めてでござったな。これも何かの縁と心得、

この後も懇意に願いとうござる」

集まりの宴は、まずそこは将軍家直参の新田九太夫が中心となり、和やかに始まった。

住蔵と光沢は、

「先祖が武士であったとはいえ、商人の伜を武士になど、思い上がったことだと悩んだ時もございました」

「いや、まったくです。医者の伜が乱暴者では困ると、思い余って剣術を習わせたものの、一向に素行の悪さが直らず、どうなることかと思うておりました」

しみじみと、伊兵衛、大蔵を語ると、

「市之助が、悪い方へと誘ったようで、申し訳なく思うております」

美津はこれまでの息子の不行跡を詫び、

「はははは、それはうちの桂三郎も同じこと」

九太夫が美津を労るように頷く。

そして一同は、親同士で喜びを分かちあえる幸せを噛み締めたのであるが、ここで半兵衛が声をあげた。

「これも皆、中西先生のお蔭《かげ》かと……。わたしは、先生にあのできそこないを鍛えていただき、真によかったと思うております」

一同は皆、中西忠太を敬愛している。一斉に賛同の声をあげたが、

「しかしながら、まったく倅はいけませぬ」

半兵衛はここから新右衛門についての不満をぶちまけた。

「来たるべき大仕合に向けて、一層気を引き締め、中西先生に鍛えあげていただかねばならぬというのに、先生は奥平様の御屋敷へ入られてしまわれたとか。彼奴《きやっ》めは、その真意を確かめようともせず、出稽古だ、お招きだと、浮かれているのですから……」

そう言われると他の親達は一言もない。

特に美津は、忠太から家での市之助の様子を訊ねられた折、自分も息子と一緒になって浮かれてしまって、つい甘やかしていたことに思い当り恥入るばかりであった。

「さりながら、半兵衛殿、先生は中屋敷には所用あって、お入りになったと申されていたが……」

九太夫は宥めようとしたが、

「考えてみてくださりませ。旅に出られたのならともかく、どのような用があろうとも、江戸にいながら道場を留守にして御屋敷に籠ってしまわれるとは、中西先生らし

からぬこととは思われませぬか？」

半兵衛に返されると、九太夫の顔がたちまち曇ってきた。

「ではいったい、先生の真意とは……」

そしてしかつめらしい声で問うと、美津が消え入るような声で、

「親も子も浮かれていないで、自分がおらぬ間にもう一度気を引き締めろとの問いかけかもしれませぬ」

「その通りにございます！　これは〝岩戸《いわと》隠れ《がく》〟かと存じまする」

半兵衛は強く言った。

「岩戸隠れ……？」

なるほどと、親達は頷いた。

かつて天照大神《あまてらすおおみかみ》が、素戔嗚尊《すさのおのみこと》の乱暴を憂え、天《あま》の岩屋戸《いわやど》に隠れてしまったように、中西忠太も弟子ばかりかその親にも不審を覚え、主家の屋敷に籠ってしまったのかもしれぬ。

「天照大神がお隠れになった途端、世の中は真っ暗になり、神々は慌てふためいたと申しますが、我々はそれにも気付いておらぬとすれば、これは恥ずかしいことではござりませぬかな。いやいや、新右衛門も馬鹿なら、この半兵衛も愚かな父親でござい

ます」

こうなると、親達は子供の心を引き締めた上で、子供の助けを拒み、一緒になって浮かれたことで、中西忠太の教えに背いた無礼を詫びるべきであろう。

そして子供達と共に、何卒練塀小路に戻ってもらいたいと願いに行かねばなるまい。

そのように話が決まったのだ。

それから親達は、それぞれ子供を叱り、自らの失態も子に詫び、今日は遂に乗り込んできたというわけだ。

「ということで、中西先生、すぐにでも道場へお戻りになってくださりませ」

親達を代表して住蔵が頭を下げた。日頃、〝伊勢屋〟が中西道場に大いなる貢献をしているのを聞いているだけに、こういうところは、しっかりと顔を立てる半兵衛であった。

「お願いします！」

六人の若者が一斉に頭を下げた。

忠太の奇策に踊らされるものか——。

そう思って、自分達でしばらくやっていけると高を括《くく》っていたが、親に叱られ、そして自分もつい浮かれてしまったと謝まられるとどうしようもなかった。

弟子達は、何やらとんでもなく悪いことをしたような気になり、やはり中西忠太は企みがあって中屋敷へ籠ってしまったのだと気付かされた。

ほんの数日、気儘に暮らし好い気になったのだからそれでよしとしよう。とのつまり、我らは師範には敵《かな》わないのだ。

そう思うと、憑《つ》きものが落ちたように、忠太の指南の下、猛稽古をつけてもらわねばと不安になってきた。

たとえ酒井組との仕合に負けようとも、自分達の先行きは開かれてきた——。

心の奥底で、そんな気持ちがもたげてきていたのは事実であった。

——遠方より友来たるか。

忠太は浮かれ病を未然に防げたことにほっとしつつ、少し得意げに自分を見ている若杉半兵衛にニヤリと笑い、

「う〜む、すぐに道場へ戻れと言われてものう」

もったいをつけて、何度も唸ってみせたのであった。

第二話　波乱

一

「十兵衛《じゅうべえ》殿、忠太殿は随分と励んでおられるそうじゃのう」

小野派一刀流の若き当主・小野次郎右衛門忠喜《ただよし》は、組太刀の稽古《けいこ》を終えると、相手を務めた師範代・有田《ありた》十兵衛に頰笑《ほほえ》んだ。

「はて、近頃《ちかごろ》は会《お》うておりませぬゆえ、ようわかりませぬが、相変わらずというところでござりましょう」

有田は、少し探るような目を向けて、さらりと応《こた》えた。

忠喜にも、中西忠太とその門人達の評判が届いているのであろう。

有田は忠太と相弟子とはいえ、気性も剣に対する考え方も違う。

それでも、長年同じ道場で剣を学んだ間柄というのは特別なもので、不良剣士を拾いあげ、旧態依然とした剣術界に一石を投じんとする忠太のことが気になっていた。

しかし、小野道場の高弟の中には、忠太の剣術を、

「あれは邪道である」

と忌み嫌う者も多い。

ここで師範代の一人として剣客の道を歩む有田十兵衛にとっては、中西忠太の〝友〟と見なされると面倒なことも多いのだ。

忠太を認めぬ最右翼の高弟が酒井右京亮であり、中西道場と小野道場酒井組との仕合が決まってからは、何かというと忠太について右京亮から問われたものだ。

このところの中西道場の快進撃については有田も聞き及んでいるが、これは決して誉《ほ》められたものではない。

他流の教えを学び、己《おの》が流儀に活《い》かすとはいえ、していることは、他流仕合に等しい。

これを忠喜がどう思っているか、有田にとっては実に重圧がかかる評判であった。

しかし、忠喜の笑顔には澱《よど》みがなく、

「ははは、相変わらずか……」

爽《さわ》やかさを増していた。

「小父上《おじうえ》は、そのお蔭《かげ》で、かっかとなされておいでのようじゃが……」

小父上とは、酒井右京亮のことである。

中西道場の門人達と、自分がこれと見込んで集めた剣士との仕合は刻々と迫っていた。

忠太がその前哨戦《ぜんしょうせん》として、方々の道場で仕合をしているのは明白である。

右京亮は、さぞや、

「小癪《こしやく》な真似《まね》をいたしよって」

と、内心怒り心頭に発しているはずだ。

以前ならば、

「忠太殿にも困ったものだ……」

忠喜も右京亮と同調して、眉《まゆ》をひそませていたであろうが、今はそれを笑いとばせる余裕が出ている。

「津軽《つがる》家では、忠太殿の評判が上がっているので、尚《なお》さらのようじゃ」

「津軽様の御家中で……？」

津軽家は陸奥《むつ》弘前《ひろさき》の大名で、当主・越中守信寧《えっちゅうのかみのぶやす》は、忠喜よりさらに若年である。彼の曽祖父《そうそふ》・土佐守信寿《とさのかみのぶひさ》は、一刀流の正統直伝を受けたほどの剣豪であった。

一刀流の伝は、信寿から忠喜の父・忠方《ただかた》に授けられ、再び小野家が受け継ぐことになったのだが、津軽家が小野派一刀流に大きな関《かか》わりを持つのは、このような理由がある。

その津軽家中で、近頃、中西忠太の評判が上がってきていると言うのだ。

忠太は、あくまでも小野派一刀流の剣士であらんとして、師・小野次郎右衛門忠一の教えを守り、一刀流の幅を広げんとしている。

その上で、他流からも術を学び、稽古用の刀での仕合においては、一度たりとも後れをとっていない。

こういう姿勢は見習うところがあると、家中の士達は称《たた》え始めているのである。

「わたしもそう思うようになりました」

忠喜はまだ元服をすませて日も経《た》たぬのだが、小野派一刀流のこれからを、しっかりと見据えているらしい。

有田も、迷惑な剣友と思いながらも、近頃では何があろうと自分の剣を信じ、同じ目標につき進まんとする弟子を決して見放さず、共に新たな剣を編み出さんとする忠太の姿勢には心を打たれていた。

忠喜は小野宗家の当主として、一刀流の奥義を伝承していかねばならない立場にある。

しかも、小野派一刀流は徳川《とくがわ》将軍家の剣術指南を代々務める流儀であるから、忠太のように新たな剣をどこまでも求める勝手は許されない。それゆえに、

「わたしは忠太殿の剣をそのまま認めることはできぬが、小父上が中西道場を叩《たた》き伏せてやろうと、若い門人を集めて躍起になることは、小野派一刀流の中に、よい風を吹かせてくれたのではないかと……」

若い門人の中には、酒井組の一員に加わり剣名をあげてやろうという者もいて、中西道場の存在が、小野道場に大きな刺激を与えてくれた。それがありがたいではないかと、忠喜は考えているのだ。

「左様でございますな。よい風というよりかはつむじ風でござりましょうが、若い門人達に新たな励みが生まれたのは、何よりであったと存じまする」

有田十兵衛は、ほのぼのとした表情となっていた。

「小父上も引くに引けず、辛《つら》い想《おも》いをなされているであろうが、口は災いの因《もと》だと、少しは懲りてもらわねば……」

忠喜はそう言うと高らかに笑った。

小野道場の御意見番として君臨する酒井右京亮には、幼い頃からかわいがられてきた忠喜である。

彼の肩を持ってやりたいが、幼い頃から知っているだけに、右京亮の頑強な性格をもよくわかっている。

今度のことで、少しは穏やかな小野派一刀流高弟の一人になってもらいたいとも思っているのである。

二

その酒井右京亮は、小野忠喜が言うように、日々かっかとしながら、中西道場への憎悪を募らせていた。

中西忠太が他道場へ出向き、あの〝子供の玩具《おもちゃ》〟である稽古刀〝いせや〟で仕合をしていることは、もちろん右京亮の耳にも入っていた。

「おのれ、他流仕合とは何たる料簡《りょうけん》じゃ。このままには捨て置かぬぞ！」

と息巻いたが、津軽家を始めとする、小野派一刀流に縁の深い大名・旗本諸家は、中西忠太の手腕を買い始めていた。

中西忠太は辞を低くして他流の教えを乞《こ》いつつも、稽古刀による仕合では相手を圧倒しているという。

剣術の稽古法には人それぞれの考え方があるだろうが、とどのつまり小野派一刀流の剣は、いざ実戦となっても他流を寄せつけぬ強さがあると、世に証明したことになるであろう。

そういう声があがると、そこからは我も我もと賛同者が生まれる。

酒井右京亮としては、下手に騒ぎ出せなくなった。

右京亮は、小野派一刀流中西道場の剣を認めず、小野道場の若い門人を集めて、袋《ふくろ》竹刀《しない》による仕合をせんとしているとの噂《うわさ》もまた広がったからだ。

「さすがは酒井先生だ。中西道場の門人達の強さを、流儀の中でしっかりと確かめるおつもりなのであろう」

「小野派一刀流は、型や組太刀だけに止《とど》まらず、時には体を張った仕合をするわけか」

「これなら、門人達の気も引き締まるであろうな」

そして世間の武士達は、真《まこと》によい方にこの仕合の意義を捉《とら》えた。

こうなると右京亮は、表立って中西忠太の他流仕合を言い立てることが出来なくなった。

そもそもは、〝いせや〟での稽古など〝子供の遊び〟だと忠太を叱《しか》りつけ、

「小野派一刀流の名において、玩具の刀で打ち合うような不様な稽古は控えるがよ

い」

　と、右京亮が一刀両断にしたのに対し、忠太が聞き捨てならぬと怒り出し、

「それならば一年の後、もう一度この弟子達を見てやってくださりませ。同じ年頃ではどこの道場の者にも引けはとらぬ剣士になっておりまするゆえ」

と、返したところから決まった仕合であった。

　正に売り言葉に買い言葉。

　頑固者同士の意地の張り合いを、若い者達が二人に代わってするようなものである。

それが中西道場の頑張りで、仕合そのものが、小野派一刀流の美談として取り上げられると、右京亮も悪い気はしない。

「中西忠太は、小野派一刀流の中でも名だたる剣客でござる。彼の者が鍛えた弟子ならば、強いのが当り前。されど、それが小手先だけのものでは困るゆえ、確かめておかねばなりませぬ」

　などと、小野派一刀流の代表のような顔をして語っている。

　そして、この仕合は小野道場の稽古のひとつであり、さほどの意味はないのだと、先手を打って負けた時の言い訳をした上で、

「奴《やつ》らが浮かれている間に、こっちも腕が立つ性根の据《すわ》った若いのを集めるのじゃ」

周りの者達に号令をかけた。

袋竹刀の仕合ではまず命を落すことはなかろう。

こうなると度胸一番、真剣勝負のつもりで立合える者を選んで酒井組として、中西道場と戦わせるつもりであった。

ただ、酒井右京亮は、防具着用での打ち込み稽古や、袋竹刀よりさらに安全な稽古刀を使って、仕合のための稽古をするのを邪道だと言い立ててきた。

それでは、来たるべき仕合に向けての稽古がし辛い。

武士が刀を交じえるのは、真剣勝負の時でなくてはならない。

右京亮の理想は、そういうところにあるから、仕合用の稽古など、もってのほかなのである。

とはいえ、酒井組の一員として仕合に臨む者は、それでは不安になる。

いくら右京亮が自分の信念を言っても、実際に痛い目を見るのは剣士達なのだ。

皆が同じ条件で、袋竹刀で立合うというのならよいが、相手の中西道場の剣士達は、日頃から防具を身に着け竹刀で打ち合っている。

その上に、袋竹刀より安全な〝いせや〟なる稽古刀で叩き合っているとなれば、戦い慣れしているのは明らかだ。

中西道場が六人ならば、こちらも六人を揃《そろ》えようとしたものの、なかなか数が揃わないのは、命知らずの中西道場との仕合を恐れる連中が、

「酒井先生は、日頃より袋竹刀で打ち合《お》うたとて、真の斬《き》り合いとなれば、そんなものは役に立たぬと仰せでありましたが……」

などと言い訳をして、酒井組に入ろうとしなかったからだ。

人数が揃わねば、忠太との仕合の日取りも決められない。

一年後と言ったのだ。そろそろ、それがいつなのか決めねばならないところにきているはずだ。

酒井右京亮の苛々《いらいら》も、いよいよ爆発しそうなところだが、それでも型、組太刀を早間で打てるようにしっかりと仕込み、見込みのある者を引き入れる努力は惜しまなかった。

中西道場の六人は、近頃方々で招かれ、時に酒に浮かれていると聞く。

「小野道場の威信にかけても負けるわけにはいかぬのじゃ」

右京亮の叱《しっ》咤《た》激励の中、小野道場の若い剣士達も気合が入ってきた。

そして、中西道場の評判が上がれば上がるほど、

「おれが勝ってやる！」

という猛者《もさ》達が現れる。

中には、小野道場にこれから入門しようとしている若い剣士も、右京亮に伝手《つて》を求めた。

これが右京亮を力付けた。

忠太との約定は、小野道場にいる二十歳《はたち》未満の剣士を、忠太の弟子達と対戦させるというもので、当然、即戦力となる他道場からの入門者も小野道場の剣士となる。

世間の注目を集めんと、小野道場に鞍替《くらが》えする者も多いから、右京亮は次々と新入門者を集め、酒井組の一人とした。

その辺りの役目は、青村理三郎《あおむらりさぶろう》と玉川哲之助《たまがわてつのすけ》が務めた。

二人は以前、忠蔵を除く、中西道場の五人と袋竹刀で喧嘩《けんか》をして、散々な目に遭《あ》わされたことがある。

その遺恨は今でも残っていて、以来、酒井右京亮の手足となって働いていた。

二人共に、書院番組衆の次男坊で、番方の役人に顔が広い酒井右京亮に取り入っておけばよいという野心もあってのことだ。

青村、玉川は、そういうわけで、頻繁に、酒井邸の武芸場に出入りしている。

そして、二人は自分の縁者である、青村欣之助《きんのすけ》、玉川芳太郎《よしたろう》という共に十九の剣士を連れてきていた。

欣之助、芳太郎は、それぞれ分家の貧乏御家人の次男坊であるから、小野派一刀流宗家の門人となり、仕合に出るのは大いなる名誉である。

そして仕合に勝てば、冷や飯食いの身から脱却出来る好機となるだろう。

少々袋竹刀で打たれようが、そういう場にいられるならどうということはない。

欣之助と芳太郎は、そういう点では、中西道場の面々とよく似ている。餌《えさ》に群がる狼《おおかみ》のような獰猛《どうもう》さを秘めていた。

そして、世間に認められ、稽古や宴《うたげ》に招かれるようになった中西道場の六人より、今の二人はがつがつとしている。

型、組太刀中心の酒井右京亮の稽古に隠れて、二人は体に肉布団をつけ、袋竹刀で打ち合ったりした。

右京亮は、体中傷だらけで小野道場にやって来る二人を見て、彼らが秘密裏にしている稽古が激烈なものであると察したが、それについては、

「それこそが稽古の外で行う工夫というものじゃ」

と言って、何も問わなかった。

いざという時は、命を捨てる覚悟で立合うのが真の武士であるという右京亮の信念

に二人は外れていないと言うのだ。

欣之助、芳太郎の剣術の筋は一級品であり、右京亮はたちまち勢いづいた。

そして——。

右京亮にとっては何よりも頼りになる門人が、近々江戸に戻ると知り、小野道場では大いに期待が高まったのである。

三

その頃、中西忠太はというと——。

六人の弟子達と、五人の親達から、すぐにでも道場へ戻ってもらいたいと懇願されたものの、すぐには鉄砲洲の奥平家中屋敷から出なかった。

若杉新右衛門の父・半兵衛が、忠太の中屋敷入りは〝岩戸隠れ〟だと指摘した。

それはまったくその通りであったが、忠太とて主家に願い出て中屋敷へ入った以上、そうすぐに練塀小路に戻るわけにはいかなかった。

「いやいや、皆は少しくらいおれがいなくても、立派にやっていけるであろう」

と突き放しつつ、

「だが親御からこのように願われては、考えぬわけにも参らぬ。ましてや半兵衛殿は、わざわざ八王子からお越しくだされたのだ」

親の顔を立て、少しばかりもったいをつけたのである。

そうして、その場は一旦《いったん》、弟子と親達を帰したのだが、忠太はその日のうちに密《ひそ》かに半兵衛を、彼の逗留《とうりゅう》先の旅籠《はたご》へと訪ねた。

曲者《くせもの》・半兵衛の様子に、何か含むところがあるように思えたからだ。

忠太のおとないに、半兵衛は恐縮したが、

「もっと早《はよ》うに、御《ご》挨拶《あいさつ》に伺わねばならなかったものを、お許しくださりませ」

「いや、名主殿は何かと御用繁多。それに、わたしも倅《せがれ》殿を強うするまでは、顔を合わされぬと思うておりましたゆえ」

「新右衛門は強うなりましたか」

「強うなりました。利かぬ気で、おかしみがある。なかなかによい男になりましたぞ」

「何よりでございます。真に忝《かたじけの》うございます」

文《ふみ》を交わしただけだが、そこに相通ずるものを互いに覚えていた二人は、たちまち打ち解け合った。

「中西先生がすぐにお戻りにならないのは、お弟子に何かまだ仕掛けてやろうとお思いなのでは？」

「いかにも。このまま道場に戻ったとて、奴らは飼い慣らされた犬のままで、元の狼に戻るには日がかかりますからな」

「なるほど、仰せの通りかと……」

「半兵衛殿が何か言いたそうだったので、何か妙案がおありかと」

「わたしが何か言いたそうでございましたか？」

「いかにも」

「先生には敵《かな》いませぬな」

頭を掻《か》きつつ、悪戯《いたずら》っぽく笑う半兵衛は、実に新右衛門に似ていた。

「まず、妙案というほどのものではござりませぬが、江戸へ来て倅と話をしていると、やたらと〝いせや〟による仕合で勝ったことを自慢いたしまする」

「自慢をしてもよいほどに、新右衛門は引き技が巧みで、ほとんど負けなしでござるぞ」

「親としては素直に喜べばよいのでしょうが、勝ってばかりではかえって弱くなりましょう」

「いかにも。それゆえ、他所《よそ》からもまた〝いせや〟での仕合を申し込まれましたが、断っております」

「それが倅にとっては不服であったそうで、お前はそんなに勝ちに酔いたいかと、叱りつけてやりました」

二人はふっと笑い合った。

「そこで、ご相談にございます」

「何なりと」

「先だって、八王子でおかしな若い旅の剣客に会いまして」

「ほう……。何がおかしゅうござる？」

「まず医術に長《た》けておりましてな。通りすがりに怪我《けが》をした百姓をてきぱきと療治しているところを見かけて心惹《ひ》かれ、連れ帰ったところ、占いの方も達者で、聞けば剣術修行の身じゃと申します」

「で、剣術の腕は？」

「これがまた大したものでございまして、木太刀を振ってくれるようにと願いましたところ、目にも止まらぬ早業を次々と……」

「う～む」

「真剣を抜けば、相撲取《すもうと》りの腕くらいはあろうかという木の枝を、すくい切りに落してみせました」

「ほう、すくい切りとは大したものでござるな」

下から斬り上げて、それほどの太い枝を切断するには、相当の技が求められる。

「さらに、一日三十里を駆けたことがあると申します」

「これは牛若丸《うしわかまる》が舞い込んだような……」

「はい。正しく牛若丸のようで……。それが今、江戸に来ているようにございまして」

「ますますおもしろい……」

忠太と半兵衛は、それから一刻《いっとき》（約二時間）ばかり話し込んだのである。

四

その武士は、楳本法神《うめもとほうしん》と名乗った。

歳《とし》の頃は二十五、六であろうか、いや、もっと上なのか下なのか、老成と青さが入り交じった、えも言われぬ不思議さを持っていた。

彼は、師範不在の中西道場に突如やってきた。

「これに若杉新右衛門殿がおられると聞いてやって参った次第でござる」

話し口調は妙に落ち着いている。

何ごとかと思って、新右衛門は六人だけで始めていた稽古の手を止め、

「某《それがし》が若杉新右衛門でござるが……」

怪訝《けげん》な面持ちで応対をすると、武士はそのように名乗ったのである。

「八王子で、貴殿の御父《お》上の世話になりましてのう」

法神は、何日か若杉屋敷に逗留したと話し、新右衛門の噂を聞いて、

「せめてものお返しをいたしたく存ずる」

稽古をつけてやろうと言わんばかりの笑顔を向けた。

「お返しをねえ……」

新右衛門はふッと笑った。

師・忠太は、奥平家中屋敷に未《いま》だに籠《こも》っていて、予定されていたはずの〝いせや〟による他道場との仕合も取り止《や》めになっていた。

それがどうも退屈であり、物足りない想いをしていた新右衛門は、

「ちょうど親父《おやじ》殿も今江戸に逗留中でござるが、御存知かな」

少し挑発するように応えた。

「はて、それは奇遇でござるな。御逗留先を是非お聞かせくだされ」

法神はそのように応えた。

——まだ親父に会うておらぬのか。

新右衛門は、これは幸いと思った。

久しぶりに会った父はというと、強くなった自分をさして誉めてもくれずに、

「お前は一別以来さらに強うなったようだが、くれぐれも、いい気になるではないぞ。お前は剣客として真に強うなったわけではない。珍しがられているだけだというのを忘れてはならぬぞ」

などと手厳しい言葉ばかりを浴びせかけてきた。

師・中西忠太は、弟子の中ではただ一人、親許《おやもと》から離れて暮らす新右衛門に対して、

「江戸で見聞きした珍しい物や、役に立つ智恵《ちえ》を文に認《したた》めて故郷《さと》の親へ送るがよい」

と、申し付けていた。

新右衛門は、それについてはこれまで真面目《まじめ》に果していた。

時折、八王子からやって来る遣いの者にも、半兵衛の役に立ちそうな情報を伝え、父への文も託した。

だが、半兵衛からの返事はいつも素っ気なく、喜んでいる様子が見えない。

江戸へ剣術留学をさせてくれて、援助を惜しまぬ父への感謝の想いはあるが、

――おれがいかに強くなったかを思い知らせてやる。

という気持ちが湧《わ》いてきた。

この、椋本法神なる武士は、父の居どころを伝えれば、きっと会いに行くであろう。

――くそ親父め、その折におれの強さをわからせてやる。

新右衛門は含み笑いで、

「親父殿の逗留先へは、某が御案内仕《つかまつ》ろう。だが、その前にそのお返しとやらを頂《ちょう》戴《だい》しとうござるな」

法神を斜めに見た。

「しからば喜んで……」

法神は表情ひとつ変えず、

「こちらには〝いせや〟なるおもしろい稽古用の刀があるとか。まずそれでお返しをいたしとうござる」

と応えた。

――こ奴め、〝いせや〟でおれと立合うと申すか。

新右衛門は何度も〝お返し〟と言われて、次第に苛々としてきた。

「つまり、〝いせや〟で某と立合い、ひとつ稽古をつけてやろうと？」

「いかにも。それこそが倅殿にいたす〝お返し〟でござる」

「それは楽しみだ」

〝いせや〟で立合ったとて、それなりの痛みはあるのだ。

――何太刀か食らわせてやる。

新右衛門は、忠太の〝岩戸隠れ〟による、他道場との仕合取り止めのうっぷんを晴らすべく、法神を稽古場に誘い〝いせや〟を一振り手渡した。

「ほう、これが〝いせや〟か。なるほど、これならば相手を死なせることもあるまい。うむ、真におもしろい……」

法神は無邪気な表情を浮かべた。仙人のような物言いをしたり、老成を覗《のぞ》かせる立居振舞があっても、そこはまだ若者の青さが香り立つ。

――おもしろいのはお前だよ。

新右衛門は、久しぶりの〝いせや〟の仕合に心と体を躍らせながら、

「左様、相手を死なせることはござらぬ。お互いに……」

新右衛門は爽やかに笑って、他の五人を見廻《みまわ》した。

皆が羨《うらや》ましそうに新右衛門を見ていた。

〝いせや〟での仕合が恋しいのは、五人共に同じであったからだ。

　しかし、それが大きな考え違いであったのは言うまでもない。

　若杉新右衛門の父・半兵衛が、中西忠太に話していた凄腕《すごうで》の旅の剣客こそ、椥本法神である。

　彼は後世に至るまで伝説上の剣豪で、加賀富樫《かがとがし》家の出にして、生まれた時からの武芸者である。

　中西忠太は、その存在を知らなかったが、

「それほどの剣客なら、今の弟子達の鼻っ柱を折るに相応《ふさわ》しい。半兵衛殿、ひとつ我が道場を破りに来させてもらえませぬかな」

　半兵衛の話を聞いて、道場破りに寄こしてもらったのだ。

　己が稽古場に道場破りを招くなど、

　——何とおもしろいお人だ。

　半兵衛はわくわくしながら、すぐに椥本法神の許を訪ねたのである。

　どのような男なのか、会ってみたかった中西忠太であったが、さすがに頼みが頼みだけに気が引けて、その時は半兵衛に託したのだ。

「ほう、〝いせや〟でござるか。そんなことを考えつく人もいるのですねえ」

　法神は、半兵衛との再会を喜び、〝いせや〟との出会いを楽しみに、勇躍現れたわけだが、初めから新右衛門との仕合は決着がついていた。

一日に三十里も駆けるような男である。

生も死も、自分の心と体で同じものとして受け容《い》れている。

この男に、立合の恐ろしさは既にない。真剣でも木太刀でも、袋竹刀の立合でもまったく同じ動きが出来るのだ。

「ならば法神殿。いざ！」

新右衛門は、自信に満ちた表情で、〝いせや〟を青眼に構えた。

「いざ……」

〝いせや〟を手にした法神は、これに対峙《たいじ》した刹那《せつな》、

「きえ——ッ！」

猛鳥のような掛け声を発したかと思うと、下段から何を臆《おく》することなく、新右衛門につつッと歩み寄った。

新右衛門だけではない。

道場にいた五人は、天からの声を聞いた心地がして、すっかりと気圧《けお》された。

——おのれ、田舎《いなか》兵法者づれが。

新右衛門は気を取り直し、得意の引き技を見舞わんとして、巧みに後ろへ退《さ》がり、

法神の攻めを待った。

相手が攻める。その技はいつか尽きる。そこにこちらの勝機がある。

それが新右衛門が編み出した仕合での戦法で、

「新右衛門、お前は汚ねえぞ！」

立合の稽古の折、安川市之助、新田桂三郎などは、いくら前へ前へと攻めても、これを巧みにかわして引き技を決めにくる新右衛門に手を焼き、怒ったものだ。

新右衛門には、こういう度胸一番前に出てくる相手ほどやり易い。

だが、前へは出れど、法神は剣先を鋭く利かせつつ、すぐに打ってこない。

「えい！」

気合と共に下から〝いせや〟で威嚇するものの、新右衛門の剣先を払うばかりである。

しかし、これは法神が新右衛門の剣筋を確かめるための儀式のようなもので、彼は瞬時に新右衛門が引き技を誘っていると察した。

——小癪な奴め。

と、相手を呑《の》んでかかったのは法神であった。

技が尽きるところを狙《ねら》うつもりならば、おれの技は尽きることがないというものを。

「それ、それ、それ！」

法神は少し体を引いて、新右衛門の後ろへの動きを一旦止めたかと思うと、突如前へ出て、新右衛門を防戦一方に追い込んだ。

速い――。

そこからの法神の連続打ちは、目を見張るものであった。

下から新右衛門の〝いせや〟をはね上げ、また上から叩く。これを二回繰り返すと、新右衛門は引き技どころではなくなる。

重い打ちで攻められると、自分の構えを保つのがやっとなのだ。

法神の技は尽きない。

絶妙の間合から面と小手《こて》を打ち分け、しかも新右衛門の体には届かぬ間合を保つ。

――探りの技か。

新右衛門の頭の中に、そんな想いが過《よぎ》った刹那、法神は恐るべき跳躍によって、新右衛門の懐《ふところ》に入った。

「ええいッ！」

小手、面、胴と三本を叩き込まれて、新右衛門はその場に跪《ひざまず》いた。

五

「〝お返し〟になりましたかな」

椥本法神は、分別くさい声で新右衛門に言った。

法神は手加減をしていたが、新右衛門は頭がくらくらとし、横腹を打たれた衝撃で、いつものよく回る舌も動かず、

「過分に……、頂戴いたしました……」

茶化すように応えるのが精一杯であった。

「稽古の邪魔をいたした」

法神は、新右衛門にひとつ頷《うなず》くと、呆然《ぼうぜん》として立合を眺めていた五人に詫《わ》びた。

「いえ、〝お返し〟のお裾《すそわ》分けを頂戴いたしました」

中西忠蔵が代表して応えた。

忠蔵以下中西道場の五人は、新右衛門を羨ましがっていたが、この立合を見せつけられると、自分達の考え違いに愕然《がくぜん》とした。

道場外の剣士と〝いせや〟で立合うことに飢えていたゆえの羨望《せんぼう》であったが、まったく格が違う。

年の頃は自分達より五つ六つ上だが、〝いせや〟で戦い慣れている変幻自在の若杉新右衛門が、かくも容易《たやす》く打ち倒されてしまうとは――。

新右衛門が勝てば、その相手に立合を願いにくくなる。

半兵衛の知り人を、寄ってたかって打ちのめすわけにはいかないからだ。

だが、そんなことを一瞬にしても頭に思い浮かべた自分達を恥じた。

以前、直心影流・藤川弥司郎右衛門に、全員が軽く捻《ひね》られた時以来の衝撃であった。

この度は、

「何卒《なにとぞ》、我らにも一手御指南を……」

と、願い出るのもためらわれる相手の強さであった。

「貴殿が、中西忠太先生の……？」

法神はにこやかに忠蔵を見た。

「倅の忠蔵でござりまする。父を御存知で？」

「剣名は伺《うかご》うておりまするが、生憎《あいにく》某は田舎者で、旅での暮らしが続いていて、お会いしたことがござらぬ。ただ、先ほどふっと思い出しましてな」

「思い出したとは？」

「旅先で出合うた剣客から、そなたと先生のことを聞いたと」

「はて、その剣客の名は？」

「宇野《うの》……角之助《かくのすけ》……であったはず」

「宇野角之助……？」

忠蔵は、目を見開いた。

相弟子達にはその表情で、宇野角之助なる武士が忠蔵とは曰《いわ》くつきであるのが見てとれた。

忠蔵は五人の前ゆえためらったが、かくなる上は、この場で法神に問うしかない。

「左様にござりまするか。して、角之助は何と……？」

法神は余計なことを口走ったかと、他の五人の門人達をちらりと見たが、

「この五人は身内でござりまするゆえ、お気遣いは御無用に願います。まず、見所《けんじょ》にお座りくださりませ」

忠蔵は法神を見所に招いた。

その時には、打ちのめされた新右衛門も元の元気に戻っていた。

法神は、旅の中で知り合った若杉半兵衛と江戸で再会し、今回の道場破りを頼まれ、その際に、中西忠太父子《おやこ》の噂を聞いた。

忠太については、風の便りで何度かその剣名を聞いたが、この男にとって江戸の剣術界のことなどまったく興味がなく、ただひたすら自分の剣を磨く旅を続けていた。

既に法神流を自ら創設していて、古《いにしえ》の武士のごとく時に木太刀や竹刀、竹棒などで旅の剣客と仕合をし、道場破りに近いことをして、実戦で剣を鍛えていた。

それゆえ、江戸の武士が習いごととして行う、型や組太刀などはどうでもよかったのだ。

そういう剣客だけに、道中時折目にする、武士達の立合や喧嘩騒動には心惹かれて、見物したり、弱い方に助太刀をするなどしていた。

それが二月ほど前であろうか。

袋竹刀を手にした若者が、五人の人相風体の悪い浪人者達と争闘に及んでいるのを見かけた。

この若者がまた威勢がよく、そこかしこと駆け回り、相手を次々と叩き伏せている。

法神は楽しくなってきた。浪人達も、さすがに若造一人を相手に刀を抜くわけにもいかず、手に手に棒切れを持って襲いかかるのだが、若者は少しくらい打たれても怯《ひる》まず、確実に小手打ちで敵の戦闘力を削《そ》ぎ、面、突き、胴で仕留める、鮮やかな働き。

法神は、これなら自分が出しゃばるまでもないと見物を決め込んだ。

「ふん！　参ったか！　おととい来やがれ！」

若者は結局、五人共地に這《は》わせて、一人一人の頭をぽかりと叩きながら、勝ち鬨《どき》をあげた。

しかし、若者もまた手と額に怪我を負っていた。

法神は彼が気になり、

「これこれ、怪我をしておりますぞ。わたしは医術を学ぶ者でござってな。今、楽しませてもろうた礼として、療治いたしましょう」

と、声をかけると、近くの寺の境内《けいだい》に若者を誘《いざ》ない、応急の手当をしてやった。

若者は威勢がよく、自分も剣術修行の身だ、などと言うと、

「それならこの場で一手指南を！」

などと言われかねないので、それは黙っておいた。

若者は喧嘩度胸に加えて、剣術を身につけている。

とはいえ、法神の目から見ると、まだまだ自分には敵うまい。むきになってこられるとさらに怪我をさせてしまいそうで気が引けたのだ。

「医術を？　それはありがたい。ほんのかすり傷ですがねえ、すぐに次の喧嘩を控えているので、少しでも早いとこ治してもらいたいところだ」

若者は、思いの外素直に法神に従ったが、その利かぬ気の強さといい、何か心願を成就させるべく、武者修行の旅に出ているのであろうかと、さらに興をそそられた。

江戸の剣術は行儀がよい。武士の大半は宮仕えの身が多いゆえ、剣術修行で怪我をしたり命を落したくはない。

それゆえ、剣士も教える師範も、荒々しい稽古を望まないものだ。

たとえば仇討《あだう》ちを控え強くなりたい者であったり、主家をしくじり、殺伐とした日々の中で武士としての新たな光明を見つけんとしている浪人が、廻国《かいこく》修行をしたがるものだ。

田舎では、まだまだ荒々しい剣術の気風も残っているし、果し合いの相手も見つけ易いからだ。

それとはなしに話を聞いていると、若者は宇野角之助と名乗った。流儀は一刀流であると言う。

「何か本懐あっての武者修行かな」

と訊《たず》ねてみると、

「強くなって、叩き伏せてやりたい相手がおりましてね」

角之助は険しい表情を浮かべて応えた。

「その相手というのが、中西忠蔵だと申したのでござるよ」

法神はそのように語った。

「左様でござりましたか……」

忠蔵はゆっくりと頷いた。

他の五人は、ぽかんとした顔で聞いている。

忠蔵だけが知る名であるらしい。

「角之助なる男は、名を口に出してから余計なことを言ったかと気になったのでござろう。その後は詳しい話をしなかった。それゆえ、某もそのうちに忘れていたのでござるが、若杉半兵衛殿から中西先生のことを聞き、訪ねてみれば忠蔵殿の掛札がある。もしやと思うて申し上げた次第にて」

「忝うございます。宇野角之助は、以前、小野派一刀流浜町の道場に通うていたことがござりまして……」

「それは、おれ達が入門する前の話だな?」

安川市之助が訊ねた。

「ああ、その一年ほど前に、道場の門人として、廻国修行へ出たのだ」

「ということは、まだ小野道場の門人なのだな」

桂三郎が渋い表情をした。

廻国修行へ出ている若い門人。それが法神の話によると恐ろしき凄腕で、自分達以上に荒っぽい剣を遣い、尚かつ中西忠蔵に恨みを持っている。

酒井右京亮としては、すぐに呼び戻して来たるべき仕合に参戦させたいところであろう。

「何だか、嫌な野郎だな」

市之助は、たちまち宇野角之助に敵愾心《てきがいしん》を抱いた。

彼らにとって、友情に厚く、小野道場を破門されたわけでもないのに、中西道場に身を投じた忠蔵は、既に肉親以上の存在であった。

中西忠蔵を、

「叩き伏せてやりたい」

などと考えている奴は、どうせろくでもない剣士に違いないのだ。

「まず、剣術などを突きつめんとすれば、色々と面倒なことも出来《しゅったい》いたそう。確か、ほどのう江戸へ戻ると申していたはず。御油断召さるな」

法神はそう言い置くと、すっくと立ち上がった。

「もうお行きになるので……」

忠蔵は止めんとしたが、

「そうするとしよう。中西先生にお目にかかりたかったが、何やらお取り込み中の由。また改めて出直すといたそう」

法神は、あくまでも若杉家への〝お返し〟をしに来たという姿勢を崩さなかった。

「新右衛門殿、おぬしは強い。さりながら、今の腕前では、宇野角之助には勝てぬ。さらに励まれよ」

そして法神は師範なき中西道場を立ち去った。

門人達六人は門口まで見送った。

〝いせや〟では、神道無念流を開いた、福井兵右衛門に六人掛かりで勝てなかったものの、その後は同年代の剣士と立合えば、負け無しであっただけに呆然自失なる心地であった。

仕合巧者で、攻めにくい新右衛門を、完膚無きまでに打ち倒した椋本法神は、歳の頃二十五、六である。

この先、六、七年後に、自分があそこまでの剣を遣えるかどうかは、甚《はなは》だ疑わしい。

それでさらによくわかった。

中西忠太の〝岩戸隠れ〟の意味が――。

思い上がった心は、自分では気付かぬうちに膨れていくらしい。

そして、その膨らみはなかなか直らない。

それを見越して、忠太は法神によって白紙に戻した上で、六人をもう一度初心に戻す魂胆なのに違いない。

──おかしな男だ。

心底そう思うが、何よりも気になるのは、宇野角之助という男のことであった。

法神の姿が見えなくなったところで、五人は一斉に忠蔵を見た。

忠蔵にそのような因縁《いんねん》があるのが信じられなかったのである。

六

その翌日。

中西忠太は、練塀小路の道場に戻った。

楳本法神の道場破りを受けてから、門人達六人は、すぐに鉄砲洲へ駆けた。

もうここまでくれば、中西忠太に頼らず、自分達で稽古をしたとてどうにかなると思っていた六人であったが、所詮《しょせん》自分達は己が気性も、剣の実力も知り尽くしている師があってこそ生かされるのだと思い知った。

自分達は、猿回しの猿である。猿曳《ひ》きがいてこそ、武芸が存分に発揮出来るものだとよくわかったと、中屋敷を再び訪ねて、今すぐにでも戻ってもらいたいと願ったのだ。

「猿回しの猿？　猿が聞いたら気を悪くするぞ」

忠太は憎まれ口で返すと、実際はいつでも道場に戻れるようになっていたようで、

「ならば、猿共に鞭《むち》を打ちに帰るとしよう」

六人を引き連れて、そのまま中屋敷を出たのである。

法神の道場破りの様子は、若杉半兵衛から聞いてわかっていた。

あの折、半兵衛は物好きにも、そっと中西道場を訪ね、武者窓の外から法神と新右衛門の対戦を覗き見ていたのだ。

日頃は分かれて暮らす息子の仕合を見るのに、わざわざ不様に負けるところを見ずともよいものだ。

しかし、そこが半兵衛のおもしろいところで、

「ふふふ、まず楳本法神相手に、あそこまで間が持てただけでも大したものです」

そんなところに息子の成長を覚え、上機嫌であったのだ。

そして、忠太は半兵衛から宇野角之助のことも聞いたのである。

「忠蔵、旅の剣客から目の敵《かたき》にされるとはお前も大したものだな」

夜になって、忠太は〝つたや〟へ忠蔵を伴って入り、からかうように言った。

「迷惑な話です。奴はわたし達父子が気に入らぬのでしょうが、まったくもってわけがわかりません」

忠蔵は憮然《ぶぜん》たる面持ちで言った。

「確かにそうだな」

忠太は息子に酒を勧めた。

「僅《わず》かな間だったが、道場を任せた詫びだ」

「いただきます……」

忠蔵は盃《さかずき》を押し頂くと、一息に空けた。

椋本法神によって、己が未熟を知り、彼の口から宇野角之助の成長ぶりと、自分への恨みを持ち、そのために修行に励んでいるという事実を知らされた。

いかに忠蔵の性根が据っているとはいえ、落ち着いてはいられなかった。

中西父子は、酒で心を鎮めて宇野角之助についての思い出を辿《たど》った。

角之助は、十三の折に小野道場に入門した。

忠蔵は、父・忠太に付いて道場へは子供の頃から出入りしていたが、正式に小野道場で稽古をし始めたのは同じく十三の時であった。

二人は同年なので、ほぼ入門時期が重なる。

小野次郎右衛門忠一の高弟で、誰《だれ》からも一目置かれていた中西忠太の息子である忠蔵は、父の名を汚さぬようにと、万事控えめな態度に徹した。

それでも剣術の稽古に対する情熱は誰にも負けるものかと日々励み、

「さすがは中西忠太の倅よ」

と、古参の弟子達を唸《うな》らせたものだ。

それに対して、角之助は何かにつけて目立ちたがった。

彼は貧乏御家人の三男坊であったが、幼少の折から利かぬ気で負けず嫌い、相弟子達とよく衝突した。

とはいえ、そのような気概は、武術においては力の源となる。

どんな猛稽古にも音をあげず、たちまち上達を見た。

動の宇野角之助。

静の中西忠蔵。

同年の二人を、周囲の者達はいつしかそう呼ぶようになった。

本来ならば、忠蔵と角之助は互いに切磋琢磨《せっさたくま》をして、次代の小野派一刀流を支える剣士になればよいのだが、角之助はひたすらに忠蔵を拒み、毛嫌いした。

忠蔵はそもそも角之助を相手にしていなかったし、

「わたしが〝静〟とは納得がいきませぬ。〝静〟〝動〟併せもってこその剣術ではござりませぬか」

家へ帰れば、父・忠太にそのようにこぼしていた。

「角之助は、自分よりお前が恵まれていると思うていて、それが癪に障るのであろう」

忠太はそのように息子を宥《なだ》めたが、忠太も角之助には手を焼いていた。

小野道場の師範代ではあるが、忠太ともなればまだ元服をすませたばかりの若い弟子に稽古をつけることはない。

息子がいると教え辛いという事情もあり、その頃から若者の指南は、忠太の相弟子・有田十兵衛が受け持っていた。

それでも時折、十兵衛に代わって指南すると、角之助がやたらと突っかかってくる。

「先生、わたしは袋竹刀での立合を、時にはしとうござりまする」

自分の強さを周りの者達は認めようとせず、何かというと陰口を言われる。一度この辺りで、誰が強いかはっきりさせたいと、訴えてくるのだ。

「袋竹刀での立合は、おれも大事だと思うが、今は禁じられているし、まだおぬし達の歳では早過ぎる」

忠太はその度に宥めた上で、

「陰口をきかれるのは、皆がおぬしを恐れてのことだ。だが、相手にも言い分があることを忘れてはならぬぞ」

そのように諭したものだ。

しかし、そんな話をした翌日に、角之助は自分を悪く言った相手と喧嘩をして痛めつけた。

それは、明らかに中西忠太への反抗だったといえよう。

忠太は内心頭にきたが、昔から熱血師範代であった彼は、角之助のそういう行為は、自分に振り向いてもらいたいがための方便であると解釈した。

そして忠太は、そういう駄々っ子のような若い男が嫌いではない。

そのうちに構ってやろうと思っていたが、彼は奥平家の家臣でもある。

あれこれ多忙な日々を送っているうちに、小野道場で若い弟子達と接する機会を逸していた。

そのうっぷんが忠蔵に向けられたのであろうか。

角之助が忠蔵に喧嘩を吹っかけることが増えていった。

親の手前大人しくしているが、元より忠蔵は気性の激しさも持ち合せている。

忠蔵の組太刀に批判を浴びせる、動きがおかしいとけちをつける。その辺りは許していたが、ある日、角之助が忠蔵の木太刀を勝手に使っているのを見て、ついに辛抱ならず、

「おい、道具には使《つこ》うている者の魂が宿っている。何の断りもなしに使うとは何ごとだ」

咎《とが》めたところ、

「道理で使い辛いと思うたわ」

角之助はそれを目の前に投げ捨てた。

忠蔵はここまでくるとおかしくなってきて、

「ふふふ、おれに何の恨みがあるか知れぬが、元服をすませた男が情けないことだ。まるで子供だなあ」

角之助を嘲笑《あざわら》った。

こうなると角之助も後には引けない。

「おのれ、子供と申したな！」

「ははは、そのようにすぐむきになり、人に絡んでくる。それが子供だ」

「いい気になるなよ……」

「それはこっちの台詞《せりふ》だ。お前は剣術など止めて、子供を苛《いじ》めて喜んでいればいい」

忠蔵は木太刀を拾い上げ、角之助をぐっと睨《にら》みつけると、その場から立ち去った。

その場には若い門人達が五、六人いて、成り行きを見つめていたが、誰もが忠蔵の言いようがもっともだという顔をして、忠蔵の後に続いた。

日頃から誰もが皆、角之助をよく思っていなかったからだ。

それが角之助をさらに逆上させた。

「待て！」

彼は稽古場の刀架から木太刀を手に取ると、

「忠蔵！　貴様、おれに喧嘩を売るか！」

と、忠蔵に迫った。

「喧嘩？　くだらぬ……」

忠蔵は軽くあしらって相手にしなかったが、

「ならば果し合いと参ろう」

角之助は忠蔵に木太刀を突きつけた。

「果し合いだと? ますますくだらぬ。お前のために命をかけて勝負をせねばならぬ謂《いわ》れはないわ!」

忠蔵は角之助が突きつけた木太刀を、己が木太刀で払いのけた。

しかしそれを角之助は応戦と受け止め、

「黙れ! 逃げるか!」

木太刀を右から左へと薙《な》いだ。

忠蔵はとび下がってこれをかわしたが、危険極まりない振舞に怒り、体が勝手に応じていた。

角之助の二の太刀を防がんと、敢然と前へ出て上から木太刀を打ち落さんとしたのだ。

さすがに角之助は筋がよい。忠蔵の一撃を木太刀にくらい、思わず取り落すところを堪《こら》え、下から忠蔵の小手を狙ってきた。

しかし忠蔵はこれを読んでいた。

「えいッ!」

彼は角之助の木太刀をすり上げて払うと、逆に角之助の小手を丁と打った。

「おのれ……。おのれ……！」

角之助は堪《たま》らず木太刀を取り落し、左手で右の手首を押さえて、その場に片膝《かたひざ》を突いてしまった。

突如始まった二人の木太刀での立合は熾烈《しれつ》をきわめた。

止めようにも木太刀の迫力は人を寄せつけず、そしてあっという間に勝負はついていた。

有田十兵衛は、騒ぎを聞きつけ駆けつけたが、彼が稽古場に入った時には、忠蔵が、角之助の小手を打ち据えていた。

――さすがは中西忠太の息子だ。

この時、十兵衛は素直にそう思った。

それほどに忠蔵の技は鮮やかであった。

だが、忠蔵が咄嗟《とっさ》に技を繰り出すことが出来たから、角之助が手首を痛めただけですんだが、一歩間違えばどちらかが死んでいてもおかしくない。

剣術の道場である。

今までにも突発的に、このような立合が起こったことはあったが、木太刀での立合など危険過ぎる。忌々しき事態だ。

「たわけ者めが！」

有田は、角之助を腕の治療に下がらせその場にいた門人達を、控えの間に移し、事情を問うた。

門人達は皆、忠蔵が止むなく応じた立合であったと証言し、

「いえ、わたしもいけなかったのです。面目次第もござりませぬ」

忠蔵も反省をした。

角之助も、気持ちが落ち着くと、無闇《むやみ》に果し合いなどと口走り、無様をさらけ出したことを悔いて、殊勝にも有田十兵衛に詫びた。

当事者同士も反省しているし、その場にいた者も少なかった。

きっかけを作った宇野角之助は、他の師範代からも叱責を受けたが、

「自分を見つめ直しに旅へ出たいと思います」

と、願い出たので小野道場の門人のまま、廻国修行の旅に出ることを許されたのであった。

そうすれば、忠蔵の顔も立つし、ほとぼりを冷まさんと自ら旅に出る角之助が健気に思われたものだ。

この時、中西忠太は角之助について問われて、

「ああいう男ほど、大人になれば好《よ》い剣客になるというもの。廻国修行に出ればまた、あれこれと苦労が身に沁みて、一年も経てば様子が変わりましょう」

と、庇《かば》ってやったものである。

それから二年。

いよいよ宇野角之助が、江戸に帰ってくることになったのだ。

七

中西忠太・忠蔵父子は、この二年の間、めまぐるしく日常に変化があった。

気性の激しさから、何かと騒ぎを起こした宇野角之助が、小野道場の門人として帰府を果すのに対して、

「おれ達父子は、小野道場から離れてしまったとは皮肉なものよのう」

忠太は苦笑いを禁じえなかった。

「恐らく、角之助は旅の間もわたしへの憎しみから剣術に打ち込み、〝叩き伏せてやりたい相手がいる〟などと他人に言うことで、自分を奮い立たせてきたのでしょう」

忠蔵は、酒の酔いも手伝って、やり切れぬ表情を浮かべた。

無理もない。父でありながら、忠太は息子に対しても、ろくに己が考えを伝えず、

いきなり〝岩戸隠れ〟をしてしまうのである。

中西道場には、確かにおだてられるとすぐに好い気になる者達が多い。

だが、忠蔵は、

――自分は父よりも、分別のある男と言えるのではないか。

と、今も思っている。

熱くなり過ぎて、後先考えず突き進むのはいつも父の方で、忠蔵はその度に大人の対応を求められた。

この度も、〝岩戸隠れ〟の意図を、せめて自分だけには耳打ちしてくれたらよかったものを、いきなり道場を任され、随分と困惑した。

その忠太が岩戸から出て来たのだ。

臨時道場主の重圧から解かれたが、道場破りに来た楳本法神によって、自信を打ち砕かれ、さらに宇野角之助が、未だに自分に対して憎しみを抱いていて、近く帰府を果すという。

忠蔵にとっては、何ともやり切れぬこの何日間であった。

忠太はそれを気遣い一杯のませてくれたのであろうが、浴びるほど飲んで絡んでやりたい気分であった。

調子が上がってくる忠蔵の様子を見ると、お辰も志乃もこの日は声をかけられなかった。

忠太の顔も、子供っぽい表情ではなく、親のそれになっている。

一目で込み入った話をしているとわかるからだ。

「そもそも、角之助は何故《なぜ》わたしを目の敵にしたのでしょう」

「それは何度も言うようにお前が強くて恵まれているのが気にくわなかったのであろう」

「わたしの何が恵まれているというのです。父親は名だたる剣客であっても、子供のまま大人になったような男で、お偉方からは疎《うと》まれている。子供のわたしは何かというと親と比べられるし、父が父だけに大人しくしていなければならなかったのですよ。それを羨ましいと思う奴は馬鹿ですよ」

「角之助は馬鹿だったんだろうな」

「よくそんなことをしゃあしゃあと言えますねえ。あいつはきっと父上に何か含むところがあったのですよ」

「おれに含むところが？　どういう理由でおれを恨むのだ」

「知りませんよ」

子供のように口を尖《とが》らす忠太を見て、忠蔵は溜息《ためいき》をついた。

「父上に覚えはなくても相手にはあるのでしょう」

「覚えはないが。考えられぬこともないのう。坊主憎けりゃ、何とやらだ」

「では、わたしは袈裟《けさ》ですか？　まったくやってられませんよ……」

忠蔵のぼやきは止まらなかった。

忠太は、いつも傍《そば》にいるゆえ気付かなかったが、ふっと溜息をつく表情、少し無精《ぶしょう》髭《ひげ》が出てきた顎先《あごさき》を眺めていると、

――こ奴も大人になりよった。

そう思えてきて、何やら胸が熱くなった。

「まあ、そうぼやくな。お前は二年前に、見事な太刀捌《さば》きで、奴の木太刀に打ち勝った。剣客というものはな、勝てば勝つほど、負けた者の嘆きを肩に背負うものだ。この先何年か経って、他人の肩にのしかかるか、自分で重荷を背負い続けるか、どちらでいるのがよい？」

忠太は穏やかに言った。

「そりゃあ、他人の肩にのしかかるなど御免ですよ」

忠蔵は大人びた溜息をついた。

「わかっております。わたしも剣客の子に生まれ、その道に進むと心に決めたのです。恨みのひとつも買われないでどうします」

「まったくだ」

「ですが、あの時の木太刀での立合は奴が仕掛けてきたのですよ。旅先でまで、わたしの名を出すほど恨まれては堪りません」

「頭にくるなら、酒井組との仕合に勝て。奴はきっと出てこよう」

忠太はそう断言すると、またひとつ酒を注《つ》いでやった。

「そうでしょうねえ。やはり奴は仕合に出るために近々江戸へ帰るのでしょう」

「恐《こわ》いか」

「とんでもない……！　あんな奴、返り討ちにしてやりますよ。だが父上、大人の理屈というのは勝手でござりまするな」

「そう思うか？」

「はい。宇野角之助は、何かというと相弟子に絡んで揉《も》めていた奴ですよ。それが過ぎて旅に出た。言わば奴は破門になった市之助や新右衛門と同じような荒くれ、乱暴者であったわけです。我らをできそこないと嘲笑っていたのに、仕合となると角之助を引っ張り出す。どうも理屈に合いません」

「理屈は後から好いように付ける。それが大人かもしれぬな」

「父上は違います」

「そう思うか？」

「父上にはそもそも理屈というものがありませんから」

「何だそれは」

「まず心に浮かんだら、そこへまっしぐら。理屈も何もあったものではありませんよ」

「ははは、なるほど、お前の言う通りだな」

「また笑っている……。お蔭で息子は大変な想いをいたしておりますよ」

「それはようわかっておる」

「本当ですかねえ……」

「忠蔵……」

「はい」

「頼りにしているぞ……」

忠蔵のぼやき節がぴたりと止んだ。

お辰と志乃はそれを見て取って、新たな酒と料理を二人の席に運び始めた。

八

「そなたにも、男のかわいげというものが出て参ったな。旅に出ると大人になるものじゃのう」

酒井右京亮は相好を崩した。

秋はすっかりと深みを増している。

自慢の武芸場には、庭に咲き誇る菊の香が届き、鼻腔《びこう》をくすぐる。

「どうかお許しを……」

見所に座す右京亮を稽古場から見上げる若き武士が一人——。

旅の垢《あか》も落さぬまま酒井邸を訪れたのは、噂の宇野角之助であった。

日に焼けた精悍《せいかん》な顔付きには、人を寄せつけぬ凄味がある。

彼は、小野道場へ帰府の挨拶《あいさつ》をする前に、まずここへ立ち寄った。

それが右京亮が言うところの〝かわいげ〟なのであろう。

「腕を上げたそうじゃのう」

「まだまだ大したものではござりませぬが、中西忠蔵には引けはとりませぬ」

「それは心強いことじゃ」

「酒井先生のお蔭にございます」

「仕合は勝ち抜き戦にいたすつもりじゃ」

「相手の人数は……?」

「五人か六人と聞いている」

「わたしが六人抜けばすむ話にござりまする」

「いかにも。だが侮ってはならぬ。このところ中西忠太の弟子達は、〝いせや〟なる稽古用の刀で他流仕合をして、負け知らずという」

「〝いせや〟……?」

「打たれても体が痛まぬように拵《こしら》えられた、袋竹刀のできそこないじゃ」

「打たれても体が痛まぬ刀……。ははは、子供の玩具ではござりませぬか」

「左様、子供の玩具じゃ。だがこれで打ち合えば、自《おの》ずと相手の体に刀を当てることは上手《うも》うなる」

「正しく小手先の剣でござりまする」

「真剣で斬り合うわけではないのだ。とどのつまりは、袋竹刀での仕合は、叩いた方が勝ちというわけだ」

「お任せください。わたしは先生への御恩返しだと思い、これまで体を張って剣の上達に努めて参りました。型、組太刀はもちろん、真剣勝負を頭に置いた稽古は欠かさずにして参りました」

「そなたに抜かりはなかろう。しっかりと頼んだぞ」

「畏《かしこ》まりました」

かつて、宇野角之助が中西忠蔵に、木太刀での果し合いを迫り、稽古場を騒がせた時、中西忠太は角之助が破門されぬようにと擁護をした。

しかし、他の師範代達は口を揃えて、角之助には予《かね》てから不届きの段があると言い募った。

有田十兵衛も、大目に見てやりたかったが、大勢は角之助を破門にすべきであるとの流れに傾きつつあった。

ところが、意外や助け船を出したのが他ならぬ酒井右京亮であった。

何かというと、袋竹刀での立合をさせてくれと願い出る宇野角之助を、右京亮は快く思っていないと誰もが思っていた。

しかもその頃、右京亮は体調を崩していて、めっきりと小野道場に顔を出すこともなくなっていた。

それが件《くだん》の騒動を報《しら》されると、

「困った奴がいるものよ」

苦い表情を浮かべたものの、

「喧嘩は両成敗じゃ。中西忠蔵がお構い無しであるのなら、角之助を破門するわけにもいくまい」

と、言ったものだ。

二人共に反省をしていて、角之助はさらに禊《みそぎ》のために旅へ出て己を鍛え直すと言っているのなら、破門にするかどうかは旅から戻ってきた時に、角之助の様子を見てから決めればよい――。

それが右京亮の意見であった。

この時ばかりは、中西忠太も日頃から反りの合わない右京亮を見直した。

真に当を得た意見である。

忠蔵も、自分との喧嘩が原因で、角之助が破門になるのは気持ちが悪かろう。

旅に出ればあらゆる苦労も悲哀も味わう。

角之助とて変わるに違いないと、忠太は思っていた。

右京亮がそう言うなら――。

これで大勢は一気に角之助擁護に傾いた。

その甲斐《かい》あって、宇野角之助は廻国修行に出るに当り、小野道場の門人という名乗りを許されたのだ。

もっとも、小野道場にあって中西忠太を認めぬ右京亮である。

その子・忠蔵と反目する角之助に肩入れをしたくなったのではないかと、受け取る者も小野派一刀流の中にはいた。

何ごとも真っ直《まっす》ぐに捉える忠太は、

「なるほど、そのようにも考えられるか。まあ、悪く捉えるより、よく受け取った方が体にも好い」

これを聞いた時は能天気に笑いとばしたものだが、どうやら悪い方の噂の方が正しかったようだ。

そして、角之助が廻国修行の旅に出た時、既に酒井右京亮は彼と何らかの接触があったのであろうか。

角之助は、右京亮に恩返しをするつもりで頑張ってきたと言った。

それはただ、あの折に右京亮が角之助の破門を押し止めてくれたと聞いて、ずっと今まで恩を覚えていた、などというものではない。

「いよいよ、その時が参ったな」

今、酒井右京亮は、やや興奮を浮かべつつ角之助を見ている。

「門人達との仕合を制すれば、やがて中西忠太との仕合も叶《かな》うかもしれぬな」

「それが楽しみでござりまする」

「そして敵を討つか……」

「はい……。一暴れをお許しくださりませ」

角之助はそう言うと、深々と頭を下げた。

その立居振舞を見ていると、乱暴極まりない以前の姿は消えているように思えるが、忠蔵に木太刀で小手をしたたかに打たれた敵を討つというには、あまりに根が深い恨みと思われる。

そして、一暴れを許してくれとは、いったい宇野角之助は何を始めようというのであろうか。

話している様子では、手段を選ばず中西道場を潰《つぶ》すつもりにも見える。

それを認める右京亮は、角之助の心の闇を知りながら、そのまま野放しにするつもりなのか。

であるとすれば、この夏から続いた中西道場の快進撃が、よほど癪に障ったのであろう。

中西忠太は、倅・忠蔵に、

「理屈は後から好いように付ける。それが大人かもしれぬな」

と言った。

正しく彼はこれからそれを実践するつもりのように思える。

九

その日は、酒井邸に泊まった宇野角之助は、翌日、右京亮に付き添われて、小野道場を訪ねた。

心の内には鬼を秘めつつ、角之助はどこまでも穏やかな表情を崩さず、以前は食ってかかったり、馬鹿にしていた兄弟子や師範代には丁重に接し、有田十兵衛などには、

「有田先生……、お懐かしゅうござりまする。お蔭をもちまして、小野派一刀流の門人として旅に出られました。旅先では、先生に何とお詫びをしようか、そればかりを考えておりました……」

どこまでも殊勝な物言いをした。

有田は、根が真面目な男だ。

「旅に出て、そなたも立派になったものだな。しっかりと励んで、小野道場を盛り立

てくれ」

感慨を込めて頷いた。

道場の御意見番である酒井右京亮が、やたらと宇野角之助贔屓《びいき》なのは、来たるべき中西道場との仕合に、彼を酒井組として出すつもりなのであろうと見ていたが、

――なるほど、それも角之助の武士としての成長を見たからなのであろう。

と、思われたのだ。

さらに小野宗家の次郎右衛門忠喜にも伺いを立て、

「この度、江戸へ戻って参りました。かつての騒動については、平にご容赦くださりませ」

と、ひたすらに辞を低くして、帰府の挨拶を申し上げた。

忠喜は、宇野角之助と中西忠蔵の一件についてはよく知らない。

剣術道場は、むくつけき男達が集い、技を競うところである。

時に門人同士が衝突することも珍しくはない。

まだ少年であった忠喜は、そのひとつとして受けとめていたし、二人とはほとんど口を利いたことがなかったので、今の角之助しか知らない。

結局、衝突した二人の内、忠蔵は小野道場を出て、父親の中西忠太が開く道場へと

移っているから、忠喜にとっては角之助に親しみが持てた。

早くに父を亡くし、小野宗家としての重責を負った忠喜は、自分の剣術について考えるのが精一杯で、気にはなっているものの、酒井組と中西道場との仕合についてはそれほど興味がなかった。

「共に励みましょうぞ」

忠喜は、宗家の威厳を保ち、にこやかに角之助に言葉を返しただけに止めた。

それでも、自分と同じ二十歳前の剣士の腕前は気になる。

「まず旅の成果を……」

と、稽古場に出て、演武を求めた。

右京亮は、この場に青村欣之助、玉川芳太郎の二人を呼び、型、組太刀の相手を務めさせた。

二人は右京亮の肝煎《きもいり》で近頃入門したわけだが、すぐに小野派一刀流の剣術を身につけ、忠喜もその実力を大いに認める存在となっていた。

右京亮はこの二人と角之助を中心に人数を揃え、中西道場と対戦するつもりで、今日は角之助を紹介しがてら、型、組太刀をさせてみようと思ったのだ。

これに角之助は見事に応えた。

旅先では、何度も無頼の徒相手に戦い、実戦を意識してきた男である。

欣之助、芳太郎は、既にその噂を聞いていたので、角之助がどのような型、組太刀を見せるかに興がそそられていた。

そもそもこの二人も、同じ境遇で小野道場に入門した荒くれ剣士で、今は表面上仲よくつるんでいるが、心の内では互いに、

――さて、お手並拝見と参ろうか。

などと冷めた目で見合っているのだ。

その場には有田十兵衛もいて様子を見ていたが、

「どうぞよしなに……」

角之助の方から二人に頭を下げ、涼やかな表情で稽古場に臨んだのには驚いた。

以前であれば、初対面の相手には鋭い目で睨みつけ、まず威嚇のひとつもしてから演武に臨んだであろう。

欣之助と芳太郎はこの時点で、角之助の気に呑まれてしまった。

「いざ！」

そしてそこから角之助が繰り出す技のひとつひとつが、二人を圧倒した。

欣之助が打方、芳太郎が仕方を務め、角之助が打方、仕方の両方を演武したが、技

の切れ、確かさ、豪快さと繊細さの融合、いずれをとっても小野派一刀流門人として、どこへ出ても称えられるであろう出来映えであった。

忠喜はひとつ頷いて、

「よいものを見せてもらいましたぞ」

宗家の貫禄《かんろく》を精一杯見せて、一旦自室へ下がったが、型、組太刀には絶対の自信を持っている彼は、

――まだまだ鍛えねばならぬ。

心中穏やかではなかった。

誰よりも喜んだのは酒井右京亮であった。

旅に出てからの角之助の剣を見たことがなかったゆえ、

――ただ荒々しい剣風ならばいかが致さん。

と思ったが、これならば角之助が仕合に勝利した後に、

「見よ。これが真の小野派一刀流と心得よ」

とばかり、中西道場の者達にこの型、組太刀を見せて引導を渡してやりたい。

それでこそ、自分が心に思う小野派一刀流の本流のあり方であった。

これで宇野角之助の御披露目《おひろめ》はすんだ。

角之助を大将に据えて、中西道場との仕合に臨む——。

右京亮はそれについては一切触れなかったが、放《ほう》っておいても噂は駆け巡るであろう。

宇野角之助、青村欣之助、玉川芳太郎の存在を仕合の直前まで伏せておくのも戦法だが、いずれわかってしまうことである。

華々しく酒井組の強さを知らしめて、今は他流仕合に浮かれている中西道場に重圧を与えるのもよかろう。

この時、中西道場は既に剣客・楳本法神から宇野角之助が、近々帰府するとの情報を得ていたが、角之助の復帰がこの先、大いなる波乱を巻き起こすことまでは思いもしなかったのである。

十

「角《かく》、立派なもんじゃあねえか。こんな誰にも見向きもされねえ貧乏御家人の三男坊だって、お前《めえ》くれえ強くなりゃあ日の目を見られるってものだ。ここは上手く渡っていかねえとなあ」

宇野角之助を〝角〟と呼ぶのは、宇野家の次兄・康次郎《やすじろう》である。

長男・槌太郎は、現在、宇野家を継いで当主となっている。

宇野家は将軍家直参といっても、無役の三十俵取りで、武家屋敷がひしめく本所割《ほんじょわり》下水《げすい》の一隅に屋敷がある。

宇野家の三人兄弟は、子供の頃から素行が悪く、本所、深川界隈《ふかがわかいわい》の盛り場では、少しは名の知れた破落戸《ならずもの》であった。

それでも槌太郎は、家を継げばたとえ三十俵でも禄《ろく》にありつけた。

あまり悪さをしていると、これさえも取り上げられてしまうゆえ、槌太郎は二十三歳で家督を継いだ後は、めっきりと大人しくなり世捨人のように暮らしていた。

無役の御家人となれば、文武どちらかで身を立てねばならないが、学問はからきし駄目で、喧嘩は強くとも剣術の筋が悪い。たまさか美人の妻を娶《めと》ることが出来て、槌太郎は、妻を慈しんで暮らす人生を選んだのである。

拍子抜けしたのは康次郎である。

長兄・槌太郎が突如、平凡な貧乏御家人の当主となり、下の弟・角之助は剣術の腕をめきめきと上げて、小野道場への入門が叶った。

こうなると部屋住で、さして文武にも勝れぬ康次郎は、ただの穀潰《ごくつぶ》しで、そのうっぷんを晴らすために、ますますやくざな暮らしを送るようになった。

それでも角之助は康次郎を〝康《やす》兄さん〟と慕い、自分は剣術の道で少しは人の注目を浴びるようになってからも、暇を見つけては康次郎と遊んだものだ。

康次郎も悪党ではあるが、そういう弟の気持ちが嬉《うれ》しい。

「お前は自慢の弟だあな」

と言いつつ、

「だがな、角、おれとは表立ってつるまねえ方がお前のためだ」

と、戒めもした。

「おれが浮かび上がれるとしたら、宇野角之助が偉くなってそのおこぼれに与《あずか》るしかねえから、そいつはおれのためでもあるのさ」

「なるほど、そんなら康兄さん、持ちつもたれついこうじゃあねえか」

角之助も康次郎を見放そうとはしなかった。

以来、康次郎は弟の影となり、角之助が何か騒ぎを起こすと、裏からそっと始末をした。

「おれ達のような部屋住の冷や飯食いが世に出るためには、きれいごとをしていたのじゃあ埒《らち》が明かねえ。世の中には表と裏があるんだ。お前は真っ直ぐに表を行け、裏はおれが引き受けたぜ」

というわけだ。

そういう目標が出来ると不思議なもので、文武共に駄目であった康次郎は、悪党の才覚を発揮し始めた。

処《ところ》の御用聞きや顔役と巧みに付合い、御家人仲間の屋敷での御開帳《ごかいちょう》の仲介などもして、次第に力を付け始めたのだ。

「まあ、そっちの方は好い塩梅《あんばい》だが、お前がいねえ間は、おれも物足りねえ毎日だったぜ」

そして、今日は久しぶりに宇野屋敷で再会した二人は、離れの部屋で祝いの酒を飲んでいた。

「だが康兄さん。おれはあれからまた腕を上げたよ。小野派一刀流のお歴々にも評判は上々だ。これからは表でのし上がって、兄さんにも好い想いをしてもらうつもりさ」

「へへへ、嬉しいことを言ってくれるぜ」

「ガキの頃に、兄さんはおれをかわいがってくれたからねえ」

「そんな覚えはねえんだがなあ。悪い遊びを教えはしたが」

「そいつがおれには嬉しかったのさ。おれはまったくの厄介者で、構ってくれたのは兄さんだけさ」

「そんなら角、あてにさせてもらうよ」

「任せておくれな」

「肝心なのは、中西道場との仕合だな」

「きっと勝ってみせるさ」

「勝負は運だ。負ける時もある。念には念を入れておくに限るぜ」

「どうするんだい？」

「そうさなあ。まず連中に揺さぶりをかけるんだな」

「そいつは好いが、そんなことをして仕合が取り止めになっちまったら、おれは敵を討てねえや」

「仕合なんてしなくても、そのうちに敵は討てるさ」

「そりゃあ、そうだが……」

「お前がいねえ間に、おれは中西道場の奴らのことも探っておいたが、奴らは今勝ちに乗じて勢いがついている。六人で戦うんだろ。お前の他の奴らがあっさり負けちまうってこともあるぜ。奴らに好い恰好《かっこう》をさせると、仕合に勝っても、お前が目立たなくならあな」

「そうか、そいつは確かに……」

「お前の目当ては中西忠蔵だろ。奴をぶっ潰す段取りはおれがまたゆっくりと考えてやるさ。何ごとも焦らねえことだよ」

十一

さて、中西道場はというと。

忠太の〝岩戸隠れ〟も終り、師弟は心機一転、新たな稽古に励んでいた。

それからも数軒の道場から〝いせや〟での仕合を問い合わされていたが、そのいずれもが噂を聞きつけての興味本位のものであった。

中には新たな門人獲得に繋《つな》げる色気を持った道場もあり、

「このところは弟子達も仕合に浮かれて、型や組太刀が疎《おろそ》かになっておりまして……」

忠太はそのように言い訳をして、丁重に断った。

彼の目からも、弟子達が完勝するのは目に見えていた。

今さらそこに勝ったとて意義がないのである。

一方、大名、旗本諸家の剣士達からの武芸場への招きは、ぱたりと止んだ。

流行が終れば人は見向きもしなくなる。

中西忠太の予想通りであったのだが、既に六人の弟子達もその意味が身に沁《し》みていたので、それこそ幸いであった。六人は〝いせや〟での快進撃を心の支えに、楳本法神に若杉新右衛門が赤児の手を捻るように負けた事実を戒めに、心も新たに稽古に励んだのであった。

宇野角之助が、思った通りに、中西道場との仕合に戻ってきたことは、すぐに道場の面々に報された。

中西忠太とは相弟子の誼《よし》みがある有田十兵衛が、そっと訪ねて来てくれたのだ。

忠蔵以外の五人が小野道場を破門になったのは、一向に喧嘩癖が治らない、安川市之助達五人に当時の師範代であった有田が業を煮やしたからで、

「おお、これは十兵衛殿、破門にした五人のことが、やはり気になったのかな」

忠太はからかうように言いつつ出迎えたものだが、

「ああ、気になっていた。何よりも気になるのは、おぬしのその屈託のなさだが
……」

このところは真面目な有田も、そんな風に返せる余裕も出てきた。

中西忠太に関わるとろくなことがないのは今もって思っているが、小野道場の長老

達から、稽古法について苦言を呈されて尚、ここまで我が道を貫く相弟子に、近頃は肩入れをしたくなってもいた。

酒井右京亮は、何かというと中西道場の様子を有田に探るよう申し付けていた。

それならば、自分は小野道場において、右京亮がどのような動きを見せているか、中西忠太に伝えてもよかろうと、有田なりに考えていたのだ。

どちらかというと長い物に巻かれて、改革に励む忠太を批判していた自分に、内心忸怩《じくじ》たるものを覚えていたのだ。

とはいえ、堂々と中西道場を訪ねるのではなく、

「おれの立場もわかってもらいたい」

と、暗に匂《にお》わせつつ、そっと訪ねてくるのは、いかにも有田十兵衛らしい。

ともあれ有田は、

「この二年の間に、宇野角之助は随分と変わった。大人になったというところだな。しかも、型と組太刀についてはここの六人よりも上手をいくかもしれぬぞ」

と、角之助については高評価である。

「ほう、それは負けてはおられぬな」

忠太は、有田の厚意をありがたく受け止めたが、

「左様か大人になったか……」

棟本法神からは、旅先で不良浪人相手に大立廻《おおたちまわ》りを演じて、伝法な口調で相手を罵《ののし》っていたと聞いた。

未だに乱暴な一面は残っているが、時と場をわきまえるようになったということか――。

忠太は好い方へと解釈しようとしたが、どうも胡散臭《うさんくさ》さが漂っている。

――しかし、さのみ気にすることもない。

酒井右京亮は、このところ劣勢に立たされていたので、

「首を洗って待っていよ」

と、忠太に伝えたかったのであろう。

有田はそっと訪ねたつもりでも、このところの彼の動きを見れば、中西忠太を認め始めているのが、右京亮にはお見通しなのだ。

――受けて立とうではないか。

忠太は心の内で闘志を燃やしつつ、

「十兵衛殿は、どちらに肩入れをするのかな」

にこやかに有田を見た。

有田はその問いに対する答えは端《はな》から用意していたらしく、胸を張って、

「どちらが勝つか、それは神仏のみぞ知るだ。おれは小野派一刀流の剣士として、いずれが勝っても喜ぶさ」

そう応えると、充実した表情を浮かべて帰っていった。

——あの男も存外にお人好《よ》しだ。

忠太は苦笑いをしながらも、友の好意をありがたく受けた。

宇野角之助が、目の覚めるような型と組太刀を披露したというのは、してやられた想いであった。

旅の中で、ひたすら荒々しい剣を確立したのだろうと考えていただけに、

——奴の強さは本物だと言えよう。

竹刀と防具での打ち込み稽古、〝いせや〟での仕合。

それにかけてはどこにも引けを取らぬ稽古を目指しつつ、忠太は型と組太刀を疎かにはしなかった。

術の礎《いしずえ》は型であり、体に叩き込まねばならぬのが組太刀であるからだ。

弟子達は忠太の指南ゆえ、その稽古の意義を嚙《か》みしめられたが、廻国修行中はついなまけがちなこれらを、きっちりとこなした角之助の武芸者としての本能はなかなか

のものだ。

聞けば、青村理三郎、玉川哲之助の一族の者で、それぞれ欣之助、芳太郎という者が近頃入門したというが、いずれも剣技抜群であるという。

酒井右京亮も、ここへきて強い剣士をなりふり構わず自軍へ投入し始めたようだ。

忠太は弟子達六人を叱咤激励して、酒井組の増強に対して、こちらも自分の剣を貫き打ち勝たんと誓い合った上で、

「だが、伸び伸びと稽古に励むぞ。いつも楽しそうな顔をしていよ。相手から見れば、それが浮かれているように映れば何よりだ」

酒井右京亮のような昔ながらの剣士は、楽しそうに稽古をしている様子そのものが信じられない。

それは即ち、遊んでいる、ふざけている、己が強さに酔っていることになるのだ。

「だがなあ、稽古を楽しんで何がいけないのだ。おれ達は剣術が好きだからこそ、苦しい修練を一日中続けていられるのだ。おれ達は楽しんで強くなる。それを奴らが馬鹿にしてなめてかかればよい。そこに隙《すき》が出る。最後に笑うのはおれ達というわけだ！」

〝岩戸〟を出た中西忠太の熱情は溢《あふ》れ出るばかりであった。

「さあ！　かかれ、かかれ！」

忠太の号令で、中西道場の六人は靫《じん》、袍《ほう》を身に着け、竹刀をかざして稽古場に躍動した。

貪欲《どんよく》に技を磨かんとするぎらぎらとした眼光は狼に戻っていた。

そして一旦、動きが止むと、誰もが狸《たぬき》のような愛敬を浮かべる。

実戦で役立つ剣術とは何か――。

忠太はそれを追い求めてきた。明日もまた探究していくであろう。

だがその中でひとつわかったのは、苦しくともそこに楽しさがあれば、若者の剣術稽古は恐るべき充実を見るということだ。

頑張ったのだ、励んだのだ、その上で負けたなら仕方がないではないか――。

決してそんな甘口を言うつもりはない。

負けてはならない。勝負には勝たないと意味はない。その重圧を払いのけるものが、楽しさなのだ。

自分の剣術指南が正しいとは思わない。

しかし、自分がこの年代の折、信じ合い、苦しさを共有出来る仲間と共に稽古を楽しむことが出来たなら、どれほどよかったであろう。

それだけは言える。

――よし！　おれも稽古に入ろう。

忠太は、鞦と袍を引き寄せた。

面を守る鞦、小手を守る袍、日々改良が加えられ、ますます使い易くなっている。

その度に、中西道場は発展を遂げていく。

ふと、稽古場の出入り口の向こうに人影を覚えた。

若杉半兵衛である。

中西忠太の〝岩戸隠れ〟を知り、江戸に駆けつけてから、久しぶりに気儘《きまま》な江戸見物を楽しんでいたが、新右衛門の話によると、その間はほとんど会っていないそうな。

忠太は、慌てて半兵衛の許へと歩み寄った。

飾らぬ人柄で、古武士のような風情《ふぜい》を醸す半兵衛であるが、多摩八王子では人に知られた郷士なのだ。

忠太もそれなりの敬意を示さねばなるまい。

「ははは、見つかってしまいました」

半兵衛は、十年来の知己のような表情で、忠太を見た。

「もしや、そろそろ八王子へ」

「はい、帰ろうと思いまして」

「左様で……。もっとゆるりと酒など酌み交わしとうござったが……」

「忝うございます。それはまた次の楽しみといたします」

「なるほど、八王子は近《ちこ》うござった」

「倅が、江戸の珍しい物を文で報せてきておりましたが、真かどうか怪しいものでございますゆえ、ちと確かめてみようかと、うろうろとしておりました」

「それで、いかがでござった？」

「大旨正しゅうござりました。これも皆、先生のお蔭でございます」

「とんでもないことでござりまする。こ度は半兵衛殿には、いこう助けられました」

「何よりのお言葉でござりまする」

「新右衛門を呼んで参りましょう」

「いや、それには及びませぬ。江戸へ来てから何度か会いました。今、ここで、稽古の手を止めて会うたとて、互いにかける言葉もないというものにて……」

「ならばそのように」

　忠太と半兵衛は、にこやかに頷き合った。

　先日、初めて会った時。

「人と人とは、もう少し相手について知りたいと思うくらいでいるのが、よろしゅうございましょう」

小宴でそのように半兵衛が語っていたのを、忠太は思い出していた。

父と息子も、それくらいの間合を空けておいた方がよいと考えているのであろうか。

そう言えば新右衛門は、他の親達が息子の成長ぶりに浮かれているというのに、父・半兵衛は手厳しい言葉ばかりを浴びせかけてくるとこぼしていた。

「先生、倅はよい師に巡り合えて幸せ者にございます。来たるべき仕合には必ず勝ってくださりませ。さらばでござりまする」

半兵衛は深々と頭を下げると、

「どうぞ、そのままお稽古にお戻りくださりませ。あ、いや、ひとつだけお願いがござりまする」

「何なりと」

ここでやや間をとって、

「倅に、随分と腕を上げた。父は満足している、とお伝えくださりませぬか」

照れ笑いを浮かべながら告げた。

「畏まってござる」

忠太はにこりと笑った。

「どうぞそのままで……、どうぞ……、御無礼をいたします」

半兵衛は顔を赤らめながら、中西道場から立ち去った。

忠太は去り行く半兵衛の後ろ姿に軽く一礼をすると、その姿が見えなくなるまで見送った。

「面と向かっては息子を誉められぬか……。男親とはそのようなものだ」

しかし自分はもう少し、息子のことを直《じか》に誉めてやろう。

そう思いながら忠太は稽古場に戻った。

十二

それから数日が経った。

宇野角之助が、小野道場に戻って、圧巻の演武を見せてから十日後のことである。

下谷練塀小路の中西道場では、いつも通りの稽古が淡々と行われていた。

中西忠蔵、安川市之助、新田桂三郎、若杉新右衛門、平井大蔵、今村伊兵衛の六人は、実に落ち着いていた。

小野道場の師範代・有田十兵衛が、既に酒井右京亮組の動きを忠太に報せていて、

「いよいよ浜町が熱くなり始めたぞ」

六人は一時色めき立ったが、

「やがて仕合の日取りが決まろう。お前達はその日が来るまで、いつもと同じようにしていればよいのだ」

と戒めた。

相手の実力が気になるのはお互い様なのだ。

こういう時は、静かにして動かぬ方がよい。

それが相手には不気味で、かえって迷いを生じさせられるであろう。

「酒井先生の組との仕合は、あの折この道場で一年の後に、お前達がいかに強くなったかを見てやってもらいたいと、おれが啖呵《たんか》を切ったのが始まりであった。おれが勝手に怒りに任せて喧嘩を売って、その喧嘩をお前達が買うことになってしもうたわけだが、まずそれも大変な師範と巡り会うたものだと諦《あきら》めてくれ。お前達はきっと勝つ。おれが勝たせてみせる。それゆえ相手がどんな奴かは気にするな。そっと見に行ったとて、手の内を明かすはずはない。また、この先お前達が〝いせや〟で立合う時は、外からは見えぬようにする。それでこそ仕合はおもしろいのだ」

この日はそのように訓示をして、

──うむ、今日もよいことを言った。

一人悦に入って道場の奥へと下がった。

六人の弟子達は、苦笑いを浮かべながら稽古場の掃除を始めた。

六人の考えていることは同じであった。

師の言うことは相変わらず、わかるような、わからないような──。

しかし、話を聞いていると何やら元気が出てくるから不思議なものだ。

ただ、忠蔵だけは、気にするなと言われても宇野角之助のことが頭の中から離れなかった。

他の五人は、話に聞くだけゆえ、そのうちに会うことになるだろう、くらいに考えていられるが、忠蔵にとってはあれこれ因縁のある相手であった。

有田十兵衛の話では、すっかりと分別のある大人になったそうだが、忠蔵には俄《にわか》に信じられなかった。

いきなり木太刀で打ちかかってきた時の憎悪の表情。小手を打って返り打ちにした時の無念の表情。

それらの残像が、鬼の面相となって蘇《よみがえ》ってくるのである。

剣客たるもの。打ち倒してきた相手の数だけ恨みつらみは買う。二年前の子供の喧嘩のようなことを引きずっているようでは先が思いやられるとは思う。

しかし、相手を知っているだけに、若い忠蔵には気にかかるのである。

――いや、おれは皆を引っ張っていかねばならぬのだ。

あらゆる迷いは捨てて、修練あるのみ。

掃除が終ると、忠蔵は稽古場に大の字になって寝転んだ。

「軍神よ……。我に乗り移り給え……！」

そして彼は低く唸った。

他の五人は、忠蔵のそのような突飛な行動を見たのは初めてで、皆一様に目を丸くしたが、その様子がどこか神々しくもあり、楽しげで、我も我もと真似をした。

「稽古の終りは、祈りかな……」

すると、静まりかえった稽古場に、落ち着き払った声が冷たく響いた。

六人は一斉に起き上がると、声がする方を見た。

稽古場の入り口に、三人の若い武士が立っていた。

中央にいるのが宇野角之助であった。

忠蔵はきわめて落ち着き払った表情で、

「宇野角之助殿、でござるな」

と、言って威儀を正した。

市之助達五人は目を見開いたが、恐れていると思われると傍ら痛い。五人もまた、落ち着いて目礼をした。

「忠蔵殿、一別以来でござるな」

角之助は腹に一物ながら、小野道場で評判をあげた立居振舞の涼やかさで、憎い宿敵との再会を果した。

忠蔵も姿勢を崩さず、

「旅に出られたと聞いたが、お戻りの由。祝着に存ずる」

角之助は、自分の帰府を知っているはずの忠蔵が、まるで意にも介さぬという態度で返してきたのが意外で、少し腹立たしかった。

既にここから仕合は始まっていたと言える。

忠蔵は、すぐに角之助から視線をそらして、

「そちらの御仁は？」

連れの二人に目を向けた。

「青村欣之助でござる」

「玉川芳太郎でござる」

その名を聞いて、市之助が小首を傾《かし》げ、

「青村殿に玉川殿、どこかで聞いたような……」

こちらも忠蔵と同じく、平然として問うた。

「青村理三郎殿と、玉川哲之助殿の従弟《いとこ》だそうな」

角之助が応えた。

理三郎、哲之助が、この道場の五人に、角之助がいない間に手ひどく袋竹刀で叩き伏せられたことは既に知っている。

そしてこの五人もまた、従弟の小野道場入門と、二人はなかなかに遣うことを知っていた。

「従弟でござるか？　そう言えば、よく似ておいでじゃのう」

新右衛門がにこやかに頷いた。

欣之助、芳太郎は、からかわれた気がして一瞬気色ばんだが、

「して、今日は何用あってこちらへ……」

すぐに忠蔵が訊ねた。

「これは御無礼。酒井先生から中西先生へのお言伝《ことづて》を仰せつかりましてな」

角之助は、お前達に用はないとばかりに、しかつめらしい表情で言った。

忠蔵は少しも慌てず、

「それは御足労をおかけいたしましたな。まずお上がりくだされい」

忠蔵は道場主の息子の貫禄を見せた。

「いや、それには及ばぬようでござる」

いつしか中西忠太が稽古場に出ていた。

「これは先生、お久しぶりにござりまする」

角之助は供の二人と一緒に、恭《うやうや》しく立礼をした。

忠太はいつもの通り、にこやかな表情を崩さなかったが、彼はここから本格的に戦いが始まったと解しているゆえ、目には武芸者の凄みを湛《たた》えていた。

さすがに角之助は格の違いに気圧された。

「よう戻られたな。また小野道場では存分に励まれよ。して、酒井先生は何と？」

「はい。予てよりの約定である仕合は、師走《しわす》の十日。処は浜町の稽古場にて執り行いたいとのことにて……」

「心得ました。立会人、仕合の手順など委細お任せいたそう。ただお相手は六人揃えていただきとうござる、とお伝え願いたい」

忠太はあっさりとこれを受けた。

「確《しか》と承りましてござりまする。ならば、これにて御免」

角之助も、戦端の火蓋《ひぶた》が切られた興奮に、つい声が大きくなった。

「それくらい勢いがある方がよいな」

そんな角之助に忠太が言った。

「何と……？」

「先ほどからのそなたの物言いは、大人になり過ぎておもしろうない。おれは、何かというと人に突っかかっていたおぬしが好きであった」

角之助は、江戸に戻って来てからこの方、そんな風に言われたことは一度もなく、きょとんとした顔をした。

その顔には、えも言われぬ悪童の面影があった。忠太はそれを見て取り、また頰笑んだ。

——おのれ、こんなおやじに心を乱されてなるものか。

角之助はしっかりと立礼をすると、そのまま足早に立ち去った。

欣之助と芳太郎はこれに倣って、そそくさと道場を出た。

俄な角之助達のおとないに、弟子達は狐《きつね》につままれたような表情になっていたが、

「よし！　仕合は師走の十日だ！　勝つぞ！」

忠太の雄《お》叫《たけ》びで我に返り、六人は勇んで拵え場に入った。

もうここで眠る者はいない。

「忠蔵……」

忠太は彼を呼び止めた。

「はい……」

父がいきり立つと好い思い出がない。忠蔵は、何ごとかと上目遣いに見たが、

「お前を頼りにしていると言ったことはあるが、誉めてはおらなんだな。お前は、男気も、勇気も、智恵もあり、剣術の才もおれを超えている。真に立派な倅を持てたおれは幸せ者じゃと思うておるぞ。角之助はなかなかに手強いであろう。だが、お前なら勝てる、おれは勝つとしか思うておらぬぞ！　しっかりと励んでくれ！」

父は一体どうなってしまったのであろう。

忠蔵は、ますます気味が悪くなって、今、父が自分に言ったことを心の中で反復した。

忠太は、忠蔵の困惑など意にも介さず、

――よし！　おれはきっちりと息子を誉めたぞ！　おれは忠蔵にとっては親でもあるのだからな。

中西道場に吹き荒れる波乱など気にもとめず、これ以上もないくらいの充実を覚えながら、忠太は自室へと戻っていったのである。

第三話　決戦

一

「宇野の旦那《だんな》が訪ねてくださるなんて、思いもしませんでしたよ」

「このところ、仁助《にすけ》の親分がくさくさしていると、小耳に挟んだのさ。それでまあ、どうしているのかと思ってよう」

「そいつはかっちけねえ。おありがとうございます……」

宇野の旦那というのは、宇野角之助の兄・康次郎である。

この日は御命講《おめいこう》。日蓮《にちれん》上人の忌日《いみび》で、方々から団扇太鼓《うちわだいこ》が聞こえてくるが、季節は冬となり、朝から江戸は冷えこんでいた。

あっという間に年も押し詰まるというのに不幸せ続きの者には、何やら苛《いら》つく法華《ほっけ》の太鼓であった。

それを見越したのかどうかは知らねど、康次郎は久しぶりに仁助に会いに、弁慶橋《べんけいばし》の傍《そば》にある彼の住まいを訪ねていた。

康次郎が〝親分〟と呼ぶ仁助は、神田辺りでは名の知れた博奕打《ばくち》ちで、時には腕にものを言わせ、揉《も》めごとを収めたりして世すぎにしていた。

だが、場合によっては強請《ゆす》り紛いの悪事も働くので、あまり人からの評判はよくなかった。

〝ドンツクドンドン　ドンツクドンドン〟

外から法華の太鼓が聞こえてきた。

「ああ、うるせえ……」

仁助は溜息《ためいき》をつくと、

「さすがは旦那だ。あっしはこのところ、くさくさとしておりましたのさ」

康次郎が持参した、伏見《ふしみ》の下り酒を一杯飲み干し、康次郎の盃《さかずき》になみなみと注《つ》いだ。

「荒政《あらまさ》の野郎に、追い払われたのが、くさくさの理由《わけ》かい？」

「へへへ、何でもお見通しで……」

仁助はしかめっ面をしてみせた。

荒政というのは、鎌倉河岸《かまくらがし》界隈《かいわい》で水夫《かこ》を束ねる親方の倅《せがれ》・政五郎《まさごろう》の通り名である。

歳《とし》は二十歳《はたち》過ぎだが、滅法喧嘩《けんか》が強くて、男伊達《おとこだて》で通っていた。

水夫には気が荒くて、博奕好きな者が多い。その連中を相手に仁助は小博奕を仕掛けていたが、

「河岸でそんな真似《まね》は、止《よ》しにしてくんな」

と、政五郎に咎《とが》められ、仁助は止《や》むなく引き下がった。

それが二月ばかり前のこと。

政五郎にしてみれば、水夫の暮らしを乱すなというところだが、商売を邪魔された仁助には不満が残る。

水夫を束ねる親方の息子で、周りからの人望もある政五郎だけに、仁助も遠慮したものの、裏の稼業には顔が利く、宇野康次郎にそれを指摘され、

「荒政の野郎、このところ好《い》い気になってやがるな」

などと言われると、胸に溜《たま》っていた不満がもたげてくる。

仁助は三十過ぎで、それなりの押し出しをもって渡世に生きている。

政五郎のような若造に、どうこう言われる覚えはないのだ。

「旦那もそうお思いで？」

「ああ、河岸の親方がこのところ病がちで、野郎が出しゃ張らねえとならねえそうだが、親方が病がちなら、あんな野郎何も恐《こわ》くはねえや」

「まったくで……」

話を聞くうちに、仁助の気持ちはさらに昂《たか》ぶってきた。

「あんな野郎になめられていては、親分の威勢もどんどん弱まっちまうぜ」

「へい……」

康次郎の言う通りである。博奕場を開こうとして追い払われたことで、仁助などは、

「恐るるに足りない」

と、思う者が出てきて、商売がし辛《づら》くなっていた。

仁助にも荒くれの乾分《こぶん》の五人や六人はいるし、用心棒を雇う伝手《つて》もある。

「おれは親分には何度も儲《もう》けさせてもらったから、その恩義を返さねえとな……」

康次郎に後押しをされると、

——政五郎の野郎に、借りを返してやる。

ますますそんな想《おも》いが募る。

「ただ、気をつけねえと、荒政の野郎はなかなか顔が広い。このところ、めきめきと腕を上げている中西道場の門人とは、昵懇《じっこん》だと言うからな」

「中西道場……」

「ああ、そこの安川市之助という、滅法腕っ節の強《つえ》えのと兄弟分だと言うぜ」

「安川市之助……」

仁助の表情がさらに険しくなった。

「確かその野郎は……」

「そうさ、前に親分の商売の邪魔をした若えのだよ」

「そうでしたかい、あの野郎が荒政と兄弟分……。てことは……」

去年の冬のこと。

仁助は乾物問屋の息子から、多町《たちよう》の青物問屋の娘を、力尽くで連れてくるよう頼まれて、娘の外出を狙《ねら》ったことがあった。

人攫《ひとさら》いに手を染めるようなものであったが、息子にも言い分があった。

二人は親の目を抜いて、好い仲になりかけたものの、ここぞというところで娘が息子に飽きて、突き放したので、随分恥をかかされたのだ。

馬鹿息子でも男の意地がある。恥をかかされたままでは終れない。

かくなる上は娘を軟禁し、世間体に傷をつけてやろうと逆襲に転じたのだ。

仁助は駕籠《かご》を用意して、乾分と用心棒を引き連れ、

「お迎えに参りやした」

とばかりに娘に立ちはだかった。

娘にも用心棒がいつも二人付いているが、二人なら大したこともない。

少しばかり脅して、金でも摑《つか》ませた上で娘に言うことを聞かさんとした。

そして、この時に娘を警護していた用心棒の一人が、安川市之助であったのだ。

それでも、いくら市之助が腕っ節が強くても、七人引き連れていればどうにでもなる。

ところがこの時。俄《にわか》に五人の若侍が駆けつけて、市之助に加勢した。

どこぞの剣術道場の門人という風体であったが、こうなると仁助側は不利であった。

活《い》きの好い、剣術道場の門人達に追い立てられ、仁助はその場から逃げ出した。

門人達は剣術を遣《つか》う上に、なかなか喧嘩上手で、

「狼藉者《ろうぜきもの》だ！」

と、通りすがりに助けたふりをして迫ってきた。

仁助にしてみれば、男と女の痴情のもつれに、正しいも間違っているもない。

放蕩《ほうとう》息子と関《かか》わった娘にも非がある。世間知らずを思い知ればよいのだ。

それが、自分達ばかりが狼藉者呼ばわりされるのは筋違いではないか。

頭にきたが、世間は破落戸《ならずもの》からかよわい娘を守った方を正義とする。逃げた後は、しばし沈黙した。娘の青物問屋の方も外聞を恐れて訴えもしまい。

こうしてほとぼりを冷ましたのだが、やくざの親分としての面目は潰《つぶ》れてしまった。

後で調べてみると、娘の用心棒の一人は安川市之助という暴れ者だと知れたが、相手も用心棒を雇い、市之助は雇い主のために戦ったのだから仕方がないと放《ほう》ってあった。

そうして、やっとほとぼりも冷め、以前の勢いを取り返さんとしたところ、今度は安川市之助の兄弟分である政五郎に邪魔をされたのだ。

「おかしな因縁《いんねん》だねえ」

康次郎はニヤリと笑った。

「まったくでさあ……」

あの時から続く不遇を思い、仁助の政五郎への憎しみが増した。

あの若造を潰さねば、このまま自分は浮かび上がれないかもしれない。

――よってたかって、このおれをこけにしやあがって。

くさくさした仁助の気分に、怒りの炎がついに燃えさかった。

「親分、このまますませていては男が立たねえや。おれが後押しするから、盛り返しておくれな」

宇野康次郎は、思い入れたっぷりに仁助を見た。

二

小野派一刀流酒井右京亮組との仕合は、師走《しわす》の十日と決まった。

中西忠太率いる中西道場の六人の門人達は、十月に入ってからは、徹底的に体力増強に努めた。

仕合が近付いてくると、猛稽古《もうげいこ》は必要ないと忠太は思っている。

十一月半ばまでに、いざという時は敵の技に勝手に反応出来る体を拵《こしら》え、十二月に入ればすぐに始まる仕合に対応出来る稽古を考えたのだ。

とにかく今は体作りを旨に、六人はよく励んだ。

仕合をすると決まっていたが、どこかおぼろげであった日取りが、十二月の十日と決まった。

六人の気持ちは、はっきりとした目標に向かってひとつとなり、日々気合が充実していた。

「よいか、お前達の腕は、もうその辺りの若い剣士達には決して負けないだけのものとなった。だが、世間は薄情だ。お前達は既に、大名、旗本屋敷から招かれるだけの剣士になったにもかかわらず、その熱が冷めると、また以前のことを持ち出して、貶《おとし》めようとする者も出てこよう。真面目《まじめ》にしていろとは言わぬ。ただ、仕合に臨むにあたっては、今までのおれ達とは違う。この一年の成果を見よと、胸を張っていようではないか」

忠太は六人に対して、そのように訓示をした。

酒井右京亮は、宇野角之助が以前のやさぐれた様子から、旅に出てがらりと変わったというところを強調しているようだ。

それに比べて中西道場の連中は相変わらずの荒くれぶりだと喧伝《けんでん》して、あれこれ揺さぶりをかけてくると、十分考えられる。

隙《すき》を見せてはなるまい。

忠太はそれを気にかけていたが、

――まず、今の六人には釈迦《しゃか》に説法というところであろう。

取越し苦労だと思えるほどに、六人はしっかりとしてきた。

安堵《あんど》と共に、

――仕合がすめば、少しばかり手綱を緩めてやろう。

一方でそんな気持ちも湧《わ》いてきた。

不思議なもので、忠太は六人が巻き起こす騒動を心のどこかで楽しんでいた節がある。

彼が何とか六人を鍛えて一線級の剣士に育てたいと思ったのは、彼らが持つ今の剣術への疑問や不安が、自分のそれと一致したからである。

そして、そんな六人が剣術に絶望して、身を持ち崩すようなことになってはならないという使命を覚えたのだ。

この先も、世には生い立ち、気性、貧困などに負けそうな剣士が出てくるであろう。

だがそういう連中が、中西道場の門人を見て、

――自分もやればできるのではないか。

そんな気になってくれたら何よりだと思うのだ。

六人にも師の想いがよくわかる。

まだ一年にも充《み》たないが、弟子となってからの激動の日々が、師と以心伝心の間を築いたのだ。

「先生は、おれ達が馬鹿だと知りつつ、自分から弟子になれと言ってきたんだ。馬鹿は死ななきゃ直らないんだから、生きている間は、面倒を見てくれないと困りますよ」

今では、そんな甘えをぶつけていようと考えている。

「おれ達らしさが消えたら、先生もつまらないでしょう」

と、言わんばかりに。

ともあれ、互いにはしゃいでいたい師弟は、ひとまず仕合の日まではそれを封印しようと心に決め、稽古に励んだ。

そのような中。

安川市之助の様子に微妙な変化が現れた。

六人は初心に戻り、三日猛稽古を続け、四日目は昼前後にあっさりと稽古が終るので、その後は今村伊兵衛の浪宅に集まり、防具の改良にあたり、互いに技の工夫をした。

仕合の日取りが決まってからは、それが六人にとってのよい軍議になっていた。

そして、六人全員が、最高の状態で仕合に臨めるよう、互いを確かめ合う団結を固める日にもなっていた。

伊兵衛の浪宅は、実家である大伝馬町の木綿《もめん》問屋〝伊勢屋〟に隣接している。

いつもなら大の武芸好きの主人・住蔵が、何度も覗《のぞ》きに来て、防具改良にひとつ嘴《か》んだりするのだが、このところは親も調子に乗らぬようにと自重しているようで姿を見せない。

それゆえ、六人だけの濃密な一時を過ごせるゆえ気付いたのかもしれないが、

「市之助、どうも表情が冴《さ》えぬように見えるのは、おれの思い違いか？」

と、忠蔵が指摘した。

言われてみればそうだと、他の四人も首を傾《かし》げて市之助を見た。

いつもなら絶妙の間で、他人の噂《うわさ》をしたり、忠太が訓示において〝説法〟を何故《なぜ》か〝説得〟と言い間違えたことを取り上げて、

「先生は釈迦に何を説得するつもりなんだろうな……」

などと言って、皆を大いに笑わせるのだが、昨日から口数がめっきりと少なくなっていたからだ。

「いや……」

市之助は口ごもった。

「まさかお袋殿の具合が悪くなったとか？　おれは医者の息子なのだから、いつでも言っておくれよ」

平井大蔵がすぐに声をかけたが、

「いや、お袋殿はまったく大事ないのだがな……」

市之助は、それを打消してから言葉を探している。

五人は怪訝《けげん》な表情を浮かべて、じっと市之助を見た。

余計なお節介ならしないでおくが、こんな時期だからこそすっきりとさせておきたい。

「おれたちの仕合に関わることかい？」

新田桂三郎が問うた。

「いや、そうじゃあないのだが……」

市之助は、ここまできたら話しておこうと五人を見て、

「ちょっとばかり、気になることを耳にしてなあ」

二日前に人から聞かされた話を、打ち明けたのである。

三

その日。

安川市之助は、中西道場での稽古の帰り、汐見橋《しおみばし》を渡ったところで若い男に呼び止められた。

「市さん……、市さんですよねえ……」

「ああ、お前さんは、円《えん》さんかい」

男は円蔵《えんぞう》という。

歳は市之助より三つ四つ上で古着の行商をしている。

と言っても、市之助は円蔵が行商をしているところなど見たことがなく、いつも柳《やなぎ》橋界隈《ばし》でうろうろしている遊び人というところである。

「覚えていてくれたとは嬉《うれ》しいねえ」

円蔵は素直に喜んだ。

「見れば立派な剣客ってところじゃあないか。真面目におなりなさったんだねえ。結構なことだ」

市之助が円蔵と知り合ったのは、彼が浜町河岸界隈で暴れていた頃《ころ》で、

「お前さんはほんに威勢が好いねえ。見ていて惚れ惚《ほぼ》れとするぜ。市さん、て呼ばせてもらっていいかい?」

などと言って、円蔵が近付いてきて、盛り場で顔を合わせると、市之助の方も、

「円さん……」

と呼ぶくらいの仲になった。

円蔵にしてみると、今の市之助はその頃に比べて随分と大人になり、好きな剣術に打ち込んでいるようで、まったく感慨深かったようだ。

「そういう円さんも、何やら貫禄《かんろく》が出たようだ」

市之助の目には、きっちりと羽織を着て、物腰の角も取れた円蔵もまた、真面目な暮らしを送っているように映ったのである。

「ははは、わたしもいつまでも馬鹿はやってられませんからねえ。何とか古着の商いを大きくしようと、踏ん張っているところでございますよ」

円蔵は、少し首を竦《すく》めてみせた。

「ははは、それは何より。では……」

市之助は笑みを返すと、そのままやり過ごさんとした。

今は商いに精を出していると言っているが、市之助にとってはどうでもよいことだ。

そもそも彼はあまり円蔵が好きではなかったのだ。

自分に慣れ慣れしく近付いてきたのも、腕っ節の好い市之助と昵懇であると世間に見せつけ、盛り場で恰好《かっこう》をつけんとしただけのことだと、市之助は思っていた。

「ああ、そうだ。市さんに言わねばならないと思っていたことが……」

とはいえ、このような声を去り際にかけられると気になる。

「おれに言わねばならぬこと……？」

問わずにはいられなかった。

「それが、ちょいと小耳に挟んじまったんですよ。政《まさ》さんのことをね」

円蔵は声を潜《ひそ》めた。

「政さん……？」

「〝荒政〟の兄ィのことですよ」

「荒政の兄《あに》さんがどうかしたのかい？」

市之助にとっては兄弟分の契《ちぎ》りを交した政五郎である。聞き捨てならなかった。

「仁助親分を知っていますかい」

「仁助……、ああ、あのろくでもねえやくざ者か……」

市之助の口調もつい伝法なものとなった。

小野道場を破門になり、拾ってくれた中西忠太にも逆《さから》い、中西道場をも飛び出し、母・美津をせめて楽にしてあげようと、用心棒稼業にいそしんでいた頃があった。

そのような折。市之助は青物問屋の娘の警護を頼まれ、娘を襲わんとする破落戸と乱闘に及んだ。

幸い、中西道場の仲間が助けてくれて、ことなきを得たが、その後の調べで、破落戸を束ねていた、固太りの三十男が、仁助という博奕打ちの親分であったと知った。

こっちも仕事なら相手も仕事である。

青物問屋の娘にも、襲われるだけの理由があったのだ。

――忘れてしまおう。

と、思ってきたが、今その名を政五郎の名の後に聞かされると、気分が悪かった。

「で、仁助がどうかしたのかい？」

市之助の声は低くなる。

「それが、仁助親分が開くはずの賭場《どば》が、荒政の兄ィに邪魔をされて開けなくなったらしい」

宇野康次郎が仁助の無念を見舞った時の話が、ここでも円蔵の口から、市之助に伝えられた。

「兄ィは水夫の暮らしを守ろうとしたんだ。それを仁助は根に持っているってえのかい？」

市之助は腹が立ってきた。

「それが、どうもそうらしいのさ。親分は、このところ荒政は好い気になってやがる。河岸の親方が病がちの今、ちょいと痛《いて》え目に遭《あ》わせてやると意気込んでいるとか」

そして、仁助はその計略を進めているらしい。

「円さん……。今は商いに励んでいるお前が、どうしてそんな話を知っているんだい」

市之助の怒りは円蔵にも向けられた。

「それが、料理屋で一杯やっていると、親分のところの若い衆が話しているのを、たまさか聞いちまったのさ」

円蔵は荒政贔屓《びいき》ゆえ、それが気になっていたのだが、そんな折に荒政の兄弟分であった市之助を見かけたので、話さなくてはいられなくなったと言うのだ。

「まあいいや。こんなことを言うのは何だが、円さん、嘘《うそ》や偽りがあったなら、おれは承知しねえよ……」

市之助はそれから、円蔵が聞いたという、仁助の政五郎襲撃の話を報《しら》されたのである。

四

「市さん、そりゃあ気になる話だね」

今村伊兵衛が身を乗り出した。

伊兵衛は先頃、子供の頃に苛《いじ》められていた拓二郎《たくじろう》という破落戸《ならずもの》と再会し、こ奴《やつ》を叩《たた》き伏せた折、市之助の発案で政五郎の力を借りていた。

拓二郎が、この先も伊兵衛に害をなさんとするのであれば、政五郎が〝黙っちゃあいねえ〟と言ってくれたのだ。

伊兵衛は、拓二郎を叩き伏せたあの時の興奮が蘇《よみがえ》ってきて、思わず身を乗り出した。他の五人も、その折は陰からそっと伊兵衛を見守っていた。そして、剣術道場で懸命に修行をしている者とは住むところが違うのだと、市之助を気遣って、中西道場の門人達とは深く関わらずに去っていった政五郎の男伊達を称《たた》えずにはいられなかった。

「それで、仁助はいつ政さんを襲うつもりなんだい？」

伊兵衛は問いかけた。

「それが、今日の夕方に荒政の兄ィは、行徳《ぎようとく》河岸の船問屋に用があって出かけるらしい。兄ィはどんな時でも一人で出歩くから、そこからの帰りに狙うとのことだ」

「なるほど、市さんとしては黙って見ていられぬな」

若杉新右衛門が神妙に頷《うなず》いた。

「で、その話は荒政の兄ィに話したのかい」

「いや、話してはいない。兄ィはそんな話をしても意に介さず、いつも通りに動くだろうし、おれ達に気遣って頑として助《すけ》っ人《と》になど来るなと突っぱねるに違いないんだ」

「だろうな。政五郎という人は、そういう男だ」

忠蔵が相槌《あいづち》を打った。

「だが、その円蔵って男の話は確かなのかねえ」

と、伊兵衛が首を傾げると、

「そいつはわからねえ。円蔵は調子ばかりが好い男だからな。といって、本当だったら兄ィの身が危ねえ」

それで思案の最中なのだと市之助は嘆息した。

六人はしばし沈黙した。

侠客《きょうかく》には侠客にしかわからない、意地や恰好のつけ方があるのだろう。

そこに立ち入る必要はない。

と言っても、政五郎は市之助の兄弟分であり、伊兵衛が拓二郎を叩き伏せた折の恩義もある。

政五郎の危機を耳にしながら、このままにはしておけない。

六人の想いはひとつとなっていた。

五

夕方となって、鎌倉河岸の政五郎は、行徳河岸の船問屋を訪ねた。

ここであれこれと仕事の話をして、帰路につくとすっかり日も落ちていた。

父親が病がちとなれば、政五郎が親方の代わりを務めねばならないことも多く、

――もう少し、親の助けをしていりゃあよかったぜ。

これまでの無頼が悔やまれる日が続いていた。

このところ弁慶橋の仁助が、政五郎に仕返しをするのではないかという噂は、既に彼の耳にも届いている。

蛇《じゃ》の道は蛇《へび》である。

政五郎とて俠客として生きている。

ただぼんやりと日々過ごしているわけではないのだ。

いざとなれば、彼を慕う水夫達が政五郎の味方をしてくれるであろうが、水夫はやくざ者ではない。破落戸の騒ぎに巻き込んではいけないと、父から言い聞かされて育ってきた。

揉めごとにはこの身ひとつでぶつかればよいと、政五郎は考えている。

そんな覚悟がないなら、男伊達を気取る資格はないのである。

船問屋を出ると堀端で呼び止められた。

「荒政の親方……」

見覚えのある顔であった。

「親方はよしてくんな。お前は確か仁助親分のところの」

「へい。親分がちょいと話してえことがあると……」

仁助の乾分は、下手に出てものを言うが、有無を言わさぬ押し出しがある。

「それで顔を貸せと言うのかい」

「お嫌でなけりゃあ」

「会いたくもねえ相手に呼ばれているんだ。嫌に決まってらあな。だが行かねえとおれの男がすたる。それを見越して言っているのだろうよ」

「畏《おそ》れ入りやす」

「連れていっておくれな」

さすがに度胸が据《すわ》っている。

仁助の乾分も気圧《けお》されて、

「そんならこちらへ……」

提灯をかざして永久橋《えいきゅうばし》へと誘《いざな》った。

橋を渡ると川端に稲荷社《いなりしゃ》があり、そこに幾つもの提灯の明かりが煌《きら》めいていた。

「こいつは弁慶橋の親分……」

明かりの真ん中に仁助がいた。

「さすがは鎌倉河岸の荒政だ。逃げ出さずによく来てくれたもんだぜ」

仁助が政五郎をじっと見据えた。

「逃げ出さねえといけねえような用事なんですかい？」

政五郎はふっと笑った。

「場合によっちゃあな」

「それでそんなに物々しいんですかい？」

仁助は五人ばかり乾分を連れている。

「ふん、利いた風な口をきくんじゃあねえや」

「まどろこしいのは性に合わねえや。まず用を承りましょう」

「そうかい、そんならまず詫《わ》び状を認《したた》めてもらおうかい」

「詫び状？」

「お前がおれの賭場《どば》に横槍《よこやり》を入れたことへの詫び状だ。それがすんだら、めでたく手打ちをして、おれが乞食橋《こじきばし》に御開帳よ」

「はははは……」

「何がおかしいんだこの野郎……」

「おふざけになっちゃあいけませんぜ。おれに詫び状を？　お前に詫びることなどひとつもねえや！　御開帳だと？　うちの水夫に指一本触れたら、承知しねえぞ！」

政五郎はついに啖呵《たんか》を切った。

仁助がそれを待っていると知りながらも、黙ってはいられなかったのだ。

「そうかい。そんなら互《たげ》えに男を売る身だ。こっちは力尽くでも詫びてもらうから、そう思いな」

仁助はニヤリと笑って、残忍な目を政五郎に向けた。

「上等だ。煮るなと焼くなと好きにしやあがれ！」

政五郎は片肌を脱いだ。

同時に、仁助と乾分達が一斉に身構えた。

その時であった。

人気のない稲荷社に六人の影が現れた。

「何だ何だ。大の大人が、一人を相手に大勢で……。まったくみっともないことだなあ……」

影の一人が声をあげた。

安川市之助であった。

他の五人が、中西忠蔵、新田桂三郎、若杉新右衛門、平井大蔵、今村伊兵衛であるのは言うまでもない。

六人は、そっと政五郎の行動を見守り、ここまでやって来たのである。

「市さん……。お仲間の衆……」

政五郎は、感動と共に顔をしかめた。

自分の急を知って見守ってくれていたのだろうが、こんなところでこんな奴らと揉めごとを起こしてはならない六人なのだ。

「帰ってくれ！　これはおれとこいつらの話だ。市さんが出張ることたあねえ！」

政五郎は必死で告げた。

これを予測出来なかった自分の短慮を恥じたのだ。

「そこのお若え旦那方《わけ》……」

仁助はほくそ笑んだ。

「荒政の兄《あに》さんの言う通りですぜ。お前さん達には関わりのねえことだ。まずそこで、荒政が痛え目に遭うところを見物していなさるが好いや」

「誰《だれ》であろうが、人が痛い目に遭うところを見過ごしにはできぬ！」

忠蔵が叫んだ。

「ほう、そんなら荒政の助っ人をして、ここでおれ達とやり合おうってえのかい！」

「望むところだ！」

気の短かい桂三郎が、今にも駆け出そうとするのを、

「来ちゃあいけねえ！」

政五郎が止めた。

さらにそこへ、数人の若侍が現れて、

「これは中西殿ではござらぬか」

その内の一人が声をかけた。

「おぬしは……」

忠蔵が唸《うな》った。

声の主は、宇野角之助であった。

「通りすがりに見れば、渡世人同士の諍《いさか》い。まさか、中西道場の方々におかれては、片やの用心棒をして、一暴れのおつもりかな」

角之助は大仰に驚いてみせた。

「我らは用心棒をしているのではない。義を見てせざるは勇なきなりと……」

市之助が応《こた》えるのを、

「渡世人のお仲間の危機に駆けつけ、門人総出で加勢をするところでござったか。これでは破落戸と変わらぬ。小野派一刀流が泣きますぞ」

角之助はそう言って切り捨てた。

中西道場の六人は沈黙した。

確かに角之助の言う通りであった。

これは武士の仇討《あだう》ちの助太刀でもなければ、果し合いの加勢でもない。

渡世人が賭場を出す出さないの揉めごとであった。

いかに友を救うためとはいえ、町場のやくざ者相手に武芸を用いるのはいかがなものであろうか。

「やがて仕合で相まみえる我らを前にして、よくそんな真似ができまするな」

角之助は六人を嘲笑《あざわら》った。

「その旦那の言う通りだ……」

政五郎が言った。

「何度も言うように、これはおれと仁助親分の話だ。手出しは無用だ。さあ、気のすむように、すりゃあいいぜ」

すると市之助は、政五郎を庇《かば》って、

「仁助の親分！　荒政の兄ィは、痛い目に遭わされるのを覚悟でこうして一人でここまで来たんだ。その男気に免じて、この場はこれでことを収めてくれないか。頼む……！」

その場に跪《ひざまず》いて頭を下げた。

「市さん、よしてくれ……」

政五郎は市之助を下がらせようとしたが、

「いや、みすみすお前が痛い目を見ると知りながら、関わりのない話だと、立ち去るわけにはいかないよ」

市之助は首を横に振って、

「親分、お願いだ！」

さらに頭を下げた。

すると、忠蔵達五人が、

「お頼み申す……！」

我も我もと平伏した。

「ははは、こいつは泣かせるねえ。いつだったかなあ。青物問屋の〝はねっ返り〟を迎えに行った時、ものの見事に邪魔をしてくれた六人が、やくざ者のおれに頭を下げるとはよう。ははは、好い気味だぜ」

仁助はこのところのうっぷんを晴らすかのように笑った。

しかし、よいところで止めて置かねば、この若者達は何もかも捨てて、自分達に向かってくる恐れがある。

「まあ、これだけ頭を下げられたら、おれも男だ。今回のところは、このまま帰してやろう。だが荒政、今度は御開帳の邪魔はするんじゃあねえぞ」

仁助は、政五郎を見下して言い放った。

同時に角之助が、

「ああ、見たくないものを見てしまったな」

取り巻きの武士達を引き連れて立ち去らんとした。

角之助にしてみれば、中西道場の六人が、仁助達に襲いかからなかったのが意外であった。

いくら堪《こら》えたとて、遂には乱闘騒ぎを起こすであろうと角之助は見ていた。

これは兄・康次郎が仕掛けたことで、仁助は好い気になっているが、とどのつまりは痛い目に遭わされるだろうと、宇野兄弟は捨て石にしていたのだ。

それでこそ、中西道場の素行の悪さを目撃し、世に問えたものを。

そもそも角之助にとっては、仁助と荒政の争いなど、どうでもよかったのである。

「まったく見たくないものを見てしもうたぞ」

その時、ふらりとさらなる武士が現れた。

武士は角之助を見て、

「おぬしは、己に関わりのないことは見て見ぬふりか。来たるべき仕合の相手が、こんなくだらぬやくざ者に頭を下げているのを見て楽しいのか」

と、呆《あき》れるように言った。

中西道場の六人は、あっと息を呑《の》んだ。

この武士こそが、若杉新右衛門に〝お返し〟を持ってきた、楳本法神であったからだ。

法神は、何も言うなと顔で告げると、こちらもぽかんとして見ている角之助に、

「覚えておらぬか？　おぬしが破落戸《ごろつき》浪人相手に暴れた折、傷の手当をしてやったではないか」

と、笑ってみせた。

「あの時の……」

角之助は決まり悪そうな顔となった。

「そうじゃ、あの時の医者じゃ。旅に出ていた折から比べると、今は随分と分別くさい大人になったではないか」

法神は、角之助を詰《なじ》るように言った。

「こんなくだらぬやくざ者だと？」

咎めたのは仁助であった。

「何者かは知らねえが、ここは医者が出てくるところじゃあねえや。怪我人《けがにん》が出ねえうちに、とっとと消えてくんな」

「ははは、殴り返すことができぬ相手を嬲《なぶ》っているうちに、己《おの》が弱さを忘れたと見える。ほんにくだらぬやくざ者じゃ」

「何だと……。言わせておけばぬけぬけと……」

怒り心頭に発する仁助であったが、

「あの折のことはありがたいと思うている。だが、この場に医者は不用。早々に立ち去るがよい」

角之助は、旅先での借りを返しておこうと思ったか、法神に素早く立ち去るようにと、促した。

「いやいや、この場にこそ医者が要る。もっともわたしは、ここにいる破落戸達の傷の手当などいたすつもりはないがのう」

法神は喧嘩を売るようなもの言いをした。

「おう藪《やぶ》医者！　それはどういう意味だ！」

仁助は嵩《かさ》にかかって法神を脅しつけた。

法神は腰に短刀を差しただけの、見るからに医師の出立《いでたち》をしていたゆえ、取るに足らぬ奴と思ったのだ。

「ここにいる若い衆は、何かゆえあってやくざ相手に喧嘩ができないようだが、通りすがりのこの身はお構いなしじゃ。先ほどから、お前達の様子を見ていると腹が立ってならぬ。わたしが相手をしてやろう！」

「ぬかしやがったな！」

とどのつまり、仁助はここで痛い目に遭う運命にあった。

法神はさっと仁助の傍へ跳躍すると、

「野郎！」

と群がる仁助と乾分達を、徒手空拳《としゅくうけん》をもって次々と殴り、蹴《け》り、投げとばし、たちまちのうちに悶絶《もんぜつ》させた。

「よいか破落戸共、わたしはこの荒政とかいう兄さんには何の恩も義理もないが、今の心がけが気に入ったゆえ味方をするぞ。この次、御開帳などと世迷《よまい》ごとをぬかしよったら、お前の首を取る！　よいな……」

法神はきつく言いつけると、政五郎と中西道場の六人を見て、

「ささ、こんな奴の前に跪いておらずともよい。わたしはいつも一人で生きてきたが、このような仲間を得たかったものだと、つくづく思いましたぞ」

悟りを得たかのような表情で言った。

そして呆然《ぼうぜん》として、法神を見ている角之助には厳しい目を向け、

「そういえば、おぬしはあの折、中西忠蔵なる男を叩き伏せてやりたいと言っていたが、どうやらその相手はこの中にいるらしい。いくら憎い相手とはいえ、斯様《かよう》な小細工をする前に、しっかりと己を鍛えるべきじゃのう」

強い言葉を放つと、風のようにその場から立ち去った。

既にこの企《たくら》みが、角之助のものだと感付いていた中西道場の六人であったが、何も言わずに、

「さあ、荒政の兄ィ、帰るとしよう」

市之助が政五郎を伴って歩き出すのに、楽しそうに続いた。

角之助には一瞥《いちべつ》もくれぬ。

それが角之助の胸を締めつけた。

彼らの友情をまのあたりにすると、今自分が引き連れている武士達との間が、何とも寒々しく思えてきて、今まで覚えたことのない切なさが込み上げてきたのだ。

「まさか……、お前さんの兄さんに……、いっぱい食わされたわけじゃあ、ねえですよねえ……」

嫌というほど法神に脾腹《ひばら》を打たれた仁助が、やっとのことで起き上がって声をあげた。

「わたしの兄？　さて、何のことやら……」

角之助は、仁助がこの世の何よりも醜い物に映り不快この上なく、悪い夢を見た心地のまま、その場を立ち去った。

六

翌朝。

練塀小路の中西道場では、いつもの稽古が続けられていた。

昨日の出来事については、六人居並んで師範の中西忠太にすべてを打ち明けた。

何ごとも、しでかした一件については正直に告げる。

それが忠太との師弟間においては何よりだと、六人は悟っていたのだ。

「そうか。手は出さずに頭を下げた……、うむ、お前達にしてはよくやったな。だが、そこへ楳本法神殿が……。それがどうも解せぬな。恐らくはお前達が六人打ち揃《そろ》って夜の町をうろついているのを見かけて、気になって見守ってくれたのであろうが、うーむ、これは奇遇じゃのう……」

忠太は、大事の前とて喧嘩するのを押し止《とど》めた六人については誉《ほ》めてくれたし、勝手な動きをしたことを咎めもしなかった。

法神については、

「しばらく江戸で、あれこれと智恵《ちえ》を身につけとうござりまする」

そう言っていたと、若杉新右衛門の父・半兵衛から聞いていたが、やはりこの六人が危なかしいと思い、ずっと見守っていてくれたのではないかと、しきりにありがたがっていた。

そうして、

「ちと、鉄砲洲の中屋敷に顔を出して参るゆえ、後は任せたぞ」

昼になってから忠太は道場を出たのである。

とにかく六人は、ほっと息をついた。

あの折は、無我夢中で、手は出さず頭を下げた。今までの自分達なら考えられなかったことだが、友のために黙って人に頭を下げる恰好よさを体感出来たのは、真《まこと》に気分がよかった。

「おれなんかに構うこたあねえんだよ……」

感じ入る政五郎を河岸まで送り、余計な宴《うたげ》は開かずさっさと解散して、今日はまた剣術に励む自分自身に充実を覚えていた。

しかし、市之助に政五郎の危機を報せた円蔵が、どうも胡散《うさん》くさく思われた。

結果としては、上手《うま》く収まったわけだが、考えようによっては、六人をおびき出し、暴れさせるために政五郎の襲撃は練られたのではなかったかと次第に思われてきた。

とはいえ、今さら円蔵を捜し出して締めあげ、真実を吐かせるまでもなかろう。

それにしても、勢いに乗って六人で行動してしまうのは悪い癖である。

団結し過ぎも考えものだと、忠太のいない稽古場で、門人達は反省しきりであった。

そして、突如現れ疾風《はやて》のように去っていった楳本法神の、あの早業を思い出すと、六人は未だ夢を見ているような気がしてならなかったのだ。

その椋本法神はその頃、鉄砲洲の奥平家中屋敷の武芸場にいて、中西忠太と〝いせや〟を手に対峙《たいじ》していた。

八王子で世話になった若杉半兵衛への恩義から、忠太のいない中西道場への道場破りをした後は、慌しく江戸の剣術道場を密《ひそ》やかに検分していた法神であった。

そもそも江戸の剣術にはまるで興がそそられなかったのだが、中西忠太の噂を聞いて、江戸にも古武士然とした剣客もいるのだと再認識させられて、剣術道場巡りを思い立ったのだ。

すると、芝愛宕下田村小路《しばあたごしたたむらこうじ》の直心影流・長沼道場に、長沼正兵衛《しょうべえ》という師範を見て、

「これは大した御方じゃ」

と、唸ってしまった。

中西忠太がこの先確立したいと言っていた、防具着用、四つ割竹刀による打ち込み稽古をこの道場では既に行っていた。

正兵衛の師・長沼四郎左衛門もそれに先立ち、江戸見坂で門人の指南にあたり、実戦に近い稽古に大きな成果をあげているという。

こちらも訪ねてみると、正しく竹刀で〝人を斬《き》っている〟感があった。

法神は珍しいことに、正兵衛、四郎左衛門に修行の心得を問い、先例や習慣、人の噂にこだわらず、かつ先人の剣の教えを型に認めるよう説かれ大いに得心した。

そして驚くべきことに、この両師が口を揃えて、

「小野派一刀流の中西忠太殿が、これからの剣術を築いていくのではなかろうか」

と言う。

そうと知れると、法神は中西忠太と手合わせをしてみたくて堪《たま》らなくなってきた。

しかし、先日は中西道場で若杉新右衛門を叩き伏せることで、〝道場破り〟を果した法神であるから、再び道場を訪ねるのもどこか照れくさい。

そこで、老僕の松造にそっと文《ふみ》を托《たく》し、忠太と繫《つな》ぎをとった。

すると忠太は法神を奥平家中屋敷へと招き、喜んで了承してくれたものだが、同時に頼みごとをされた。

宇野角之助の生家での暮らしぶりを探ってもらえないかとのことである。

以前に忠太は、宇野角之助が浜町の小野道場に通っている時に、角之助には仲のよい兄がいて、これがまたなかなかの悪《わる》であると聞いていた。

再び江戸に入った角之助が、表向きには人が変わったように大人になったところを見せているが、この兄と再会して何かを企むかもしれぬと、忠太は気になっていた。

能天気で人のことをあまり悪い方に捉《とら》えない忠太であるが、師範代の頃から若い門人達への指南は丁寧で、彼らの日常へも目を向けていた。

日常の暮らしが剣士達に多大な影響を及ぼすことを、その頃から忠太はよく理解していたのである。

「そこをまずすっきりとさせてから、法神殿とは〝いせや〟で立合いたいものでござるな」

と、忠太は言うのだ。

「なるほど、それならば畏《かしこ》まってござる……」

法神は二つ返事で引き受けたが、ほとんどまだ面識のない法神に、こんなことを頼む忠太という人間に戸惑った。

法神は一口で言うと天狗《てんぐ》のような男である。

その辺りの忍びの者、草の者、修験者などより、よほど人の家のことなど調べるのは巧みなはずである。

忠太はきっとそう思ったのであろうが、自分の能力と人となりを見てとり、ためらいもなくぬけぬけとこんなことを頼むとは、

――まったく、何を考えているかわからぬ御仁じゃ。

と思えた。

だが、忠太の話を聞いていると、宇野角之助の内情も気になってきた。

そうして次兄の康次郎に狙いを定め、そっと様子を窺《うかが》っていると、仁助の政五郎への復讐《ふくしゅう》の策略が読めてきた。

法神もまたおもしろい男で、こうなれば乗りかかった船であると、そっと忠太と繋ぎをとり、康次郎が仁助と政五郎の喧嘩に、門人達六人を巻き込まんとしていることを察知するや、

「わたしに万事お任せくだされ。六人に代わって一暴れしてみせましょう」

そうして件《くだん》の騒動を鎮めてみせたのだ。

つまり、法神の出現は偶然ではなく、忠太が絵を描《か》いたものであった。

この邂逅《かいこう》を門人達の前では、いかにも天の巡り合わせであるような顔をしてとぼけられたのは、忠太としてはしてやったりで、この日は骨を折ってくれた法神へ、〝お返し〟をすることになったのである。

鉄砲洲の中屋敷へは時に出仕する忠太であるから、ここでの密会は都合がよかった。

「この度は真に、色々とこき使いましてござるが、どうか御勘弁願いとうござる」

忠太は法神に、掛かりもいることだと金子を渡していたが、さらに謝礼を手渡さん

とした。しかし法神は、

「いや、十分に頂戴《ちょうだい》いたしました。一手指南下さるだけで何も要りませぬ」

丁重にこれを固辞した上で、

「宇野角之助には、何か人に知られていない事情があるのではございませぬかな」

と、気にかかることを付け加えた。

「と、いうと……？」

「わたしが見たところでは、宇野角之助は、三男坊ということになっておりますが、どうやら養子ではないかと」

「左様か……」

「そこに何か、あ奴の忠蔵殿と中西道場に対する、度を超えた憎しみが隠されているような気がいたしまする」

「なるほど。角之助がもし養子であったとすれば、何か大きな事情を抱えているかもしれませぬな」

僅《わず》か三十俵取りの貧乏御家人でありながら、わざわざ部屋住を一人、養子として迎え入れるなど考えられない。

となれば、角之助の実父はそれなりの武士か、そこからの援助が望める物持ちの町人であると考えられる。

忠太は言われてみて、角之助の顔に何者かの面影があるような気がした。

以前から何度か覚えたことなのだが、それがいったい誰であるか出てこないもどかしいものであった。

「御忠告、確《しか》と承った。その辺りのことを、さらに詳しく調べてみましょう」

忠太は何度も頷いてみせると、

「この結末はやがてお伝えいたそう。さて、今は一手、お手合わせを……」

恭《うやうや》しく、法神との〝いせや〟による立合に臨んだ。

「笑い話で済めばよろしゅうござりまするが……」

ここまで関わった上は、とことん真相を究明したい気もするが、法神もこれにかかずらっているわけにもいかない。

廻国《かいこく》修行の身の上は、あまり一所に落ち着いているとなかなか先へと進まない。孤独でいることが大事なのだ。

法神は〝いせや〟を上段に構えた。

対する忠太は平青眼《ひらせいがん》。それから徐々に剣先を法神の左小手《こて》へと向ける。

天狗のごとき身のこなしから繰り出す、連続技が法神の身上である。

しかし、あの法神の神技といえる、たたみかけるような打ちが出ることはなかった。

法神ほどの者が、先を制されていたのである。

とはいえ、忠太の技も出なかった。

年長者としての余裕が、立合の落ち着きを生み、立合の運びについては老練さで勝る忠太である。

不用意には打って出ない忍耐が身についている。

〝いせや〟の立合とはいえ、身には防具を着けていないのだ。

気持ちは真剣勝負でかからねばなるまい。

法神もまた辛抱強い。

徒《いたず》らにかからずに、少しずつ間合を詰め、上段から青眼に構えを移してゆく。

忠太の技は洗練されていて、法神のそれは野性味に溢《あふ》れている。

色々な流儀があり、戦い方がある。

されど剣をとって斬り合う心はひとつである。

忠太はいかにその心を広く剣士が共有出来るか。礎《いしずえ》になる剣術を創作するのが、己の一刀流であると心に決めていた。

――礎はぶれてはいけない。

富士の山のようにどっしりとして、嵐《あらし》がこようが、元の姿を保っていないといけないのだ。

礎を定めず、ただ打ち合いに勝てばよいという剣は、はるかな剣の高みには決して到達出来まい。

今の法神は、中西忠太の剣に向かい合い、それを思い知らされていた。

己が強さに酔わず、そこに心が及ぶ法神もまた名剣士と言えよう。

「えいッ！」

やがて裂帛《れっぱく》の気合と共に、法神は前へ出た。

ぐっと剣を下から突き入れ、忠太の構えを崩さんとしたのだ。

しかし、その刹那《せつな》、法神の手許《てもと》が浮いた。

忠太が法神の剣を、しなやかな手首の返しをもって、すり上げたのだ。

すぐに構えを元に戻した法神であったが、

「やあッ！」

今度は忠太が、そのまま手首を再び返して法神の剣を上から打った。

「うむ……」

法神は危うく剣を取り落しそうになった。

これまで剛剣で鳴らしてきたが、このような洗練された技には触れたことがなかったので、法神はたじろいだ。

だが、廻国修行で身につけた闘争の勘が、咄嗟《とっさ》に彼を後ろにとび下がらせて、間合を切らせていた。

――さすがだ。戦い方をわかっている。

忠太はニヤリと笑った。

「忝《かたじけの》うござりました」

ここで法神は〝いせや〟を置いて座礼した。

「これくらいでよろしいかな」

忠太は満足げに法神を見た。

「はい。打つ手がござりませぬゆえ、これにてお暇《いとま》を」

法神の表情も晴れ晴れとしていた。

「打つ手がないのは、わたしも同様でござる」

忠太はそう言ってからからと笑った。

「我が門人達も、法神殿の術《わざ》に近付いてくれたらよいものでござるに……」

「先生の許にいれば、わたしを越えるのではござりませぬかな。またその上を行けるよう、わたしも励みとうござりまする」

「何やら騒々しい折に会《お》うてしまいましたのう」

「いえ、いこう楽しゅうござりました」

二人は互いの剣を称え合うと、しばし無言で頷き合った。

椺本法神政武《まさたけ》。

彼は晩年、上州《じようしゆう》赤城山《あかぎやま》に住み、〝神仙〟と呼ばれたという。

その門下は、勢多《せた》郡から利根《とね》郡にまで及び、門人は三千人を数え、実に百四歳まで生きたと伝えられる。

七

椺本法神が去った後。

中西道場をそっと訪れた剣客があった。

直心影流長沼道場の俊英・藤川弥司郎右衛門である。

長沼道場での仕合の折。

中西忠蔵以外はまったく歯が立たず、中西道場の門人達は、竹刀と防具での立合で軽く捻《ひね》られた相手である。

しかし、彼の師である長沼四郎左衛門も、彼の高弟で実質的には弥司郎右衛門を鍛え上げた長沼正兵衛も、中西忠太の弟子達は必ずや上達するであろうと見ていた。

「次に立合う時は、そなたにとってもよい稽古となろう」

両師は、以前から弥司郎右衛門にそのように話していた。

そろそろ六人にも、新たな稽古での刺激が欲しかろうと、忠太が願い出るまでもなく、送り込んでくれたのである。

「一別以来でござりました……」

弥司郎右衛門は、面長で端整な顔つきを、凜々《りり》しく引き締めていた。

「近頃のお噂は、既にお聞きいたしておりまする……」

すっかりと腕を上げたと評判の中西道場の門人達との立合が、弥司郎右衛門はよほど楽しみであったようだ。

安川市之助はあの折、中西道場から離れていて、弥司郎右衛門と立合うことが出来なかったが、そっと仕合の様子を見て、もう一度中西道場に戻り、いつか弥司郎右衛門と竹刀を交じえてみたいと願った。

それだけに、弥司郎右衛門を見るや、

「安川市之助と申します。どうぞよしなに願いまする」

まず挨拶《あいさつ》に出向いた。

忠蔵以下、新田桂三郎、若杉新右衛門、平井大蔵、今村伊兵衛もこれに続き、再会を喜んだ。

直心影流が使う防具は〝ながぬま〟と呼ばれている。

中西道場で使われている靫《じん》、袍《ほう》は、〝ながぬま〟を基にしている。

それ以後も改良を加えているだけに、防具の見せ合いをするのも楽しみであった。

「なるほど、志を共にする者が考えることは、同じでござるな……」

弥司郎右衛門は、袍の籠手《こて》布団の長さや厚さなどが、〝ながぬま〟のそれと似ているのを見て、無邪気に喜んだものだ。

さすがに〝いせや〟での立合はしなかったが、竹刀、防具での立合には熱が入った。

六人は、弥司郎右衛門に胸を借りるつもりで立合に臨んだ。

相変わらず弥司郎右衛門は強かった。

竹刀捌《さば》きにはますます磨きがかかり、さらに迫力が増した。

小手を打てば面を返される。面を打つと小手を押さえられる。近間で動きが止まると、引きながらの面を決められる。

まだまだ敵《かな》わないものの、中西道場の六人は、以前と違って弥司郎右衛門相手に、稽古になっていた。

地稽古は互いの技を出し合うゆえ、時に六人の技が弥司郎右衛門の防具を捉えることもあった。

立合は、自分より少し強い相手とするのが楽しいものだ。

六人を相手にすると、さすがの弥司郎右衛門も大いに疲れた。

そして、忠蔵との立合は、互いに技を出し合うのが楽しくなり、丁々発止の打ち合いとなった。

これには稽古場が大いに湧いた。

さらに、弥司郎右衛門は六人と立合を終えると、一息ついた後に中西忠太との立合に臨んだ。

思えば忠太は、四つ割竹刀で防具を着けての打ち込み稽古と立合を取り入れたものの、それは彼にとっても初めての稽古であった。

忠太は弟子に教えつつ、自分もまた成長をしなければならなかったのだ。

この稽古では一日の長がある藤川弥司郎右衛門とどう戦うかが見ものであった。

しかし、忠太は弟子を教えつつ、見事に防具を着けての立合をこなすようになっていた。

そもそもが、師・小野次郎右衛門忠一より、時に袋竹刀《ふくろしない》での立合稽古を授けられていた忠太である。

四十を過ぎてからの防具着用での立合は楽しくて仕方がなく、頭で思い描いていた立合がおもしろいように決まった。

それは相手が藤川弥司郎右衛門でも同じであった。

強い相手となれば、忠太の剣はさらに冴え渡り、弥司郎右衛門に稽古をつけるだけの実力を見せつけた。

弥司郎右衛門にとっては、本日の出稽古での、それが何よりの収獲となった。

門人六人は、弥司郎右衛門ですら歯が立たない、中西忠太の強さを見ることで、

——おれ達はこの師に鍛えられている。

との想いを新たにして、己が自信に繋げたのである。

小野道場でも、酒井右京亮が立会い、袋竹刀での立合が始まっていた。

こちらは防具は身に着けず、右京亮が見守り、危険な折は自ら握った袋竹刀で間に入り、打突を受け止めてやることで怪我を防いだ。

とはいえ、袋竹刀で打ち合うのだ。門人達は時に相手からの打撃を受け、満身創痍《まんしんそうい》になりながらも誰もがへこたれなかった。

天下に名だたる小野道場の二十歳前の剣士の中で、中西道場との仕合に出られるのは、大いなる名誉なのだ。

下から上へ這《は》い上がる者にとっては、痛くもかゆくもなかった。

昔の稽古は、防具など着けてしなかったが、さりとて怪我のない安全安心な稽古ではなかった。

自分が立会い、仕合稽古をさせているのだ。少々竹刀が体に当ったとて死にはしない。

これくらいの稽古で脱落するような者は、酒井組に相応《ふさわ》しくはない、代わりはいくらでもいると、右京亮は思っていた。

宇野角之助、青村欣之助、玉川芳太郎は、さすがに仕合稽古を無難にこなした。

危険な打ちを未然に防ぎつつ仕合稽古をさせた右京亮も、一時の体調不良が嘘《うそ》のように気合が充実していた。

若き日の右京亮は、時に仕合があれば負け知らずで、何度か立会人を務めたこともある実力者であった。

ただ口だけで御意見番になったのではない。

小野道場での順調な仕上がりは、当然、忠太の耳にも届く。

日に日に寒さが増し師走に近付くと、仕合への想いが増す両者であった。

角之助は、兄・康次郎が仕掛けてくれた罠《わな》が不発に終り、かえって楳本法神に詰られて、

「くだらぬ話に乗ってしもうた。この後は、ただ勝つのみ」

と、右京亮の稽古に素直に従い、黙々とこなしていた。

それでも、

「奴は何を仕掛けてくるかしれぬ」

と、中西道場の門人達が角之助を警戒するのは無理からぬことであり、

「あ奴のことは気にするな。おれも思うところがあるゆえ、仕合まではただひたすらに稽古に励むのだ」

それを忠太が窘《たしな》める日が続いた。

忠太の思うところとは、六人には明かさなかったが、当の角之助を平常心に戻さんとすることであった。

楳本法神は、角之助は宇野家の養子であり、その複雑な生い立ちに、彼の折れ曲がった気性の源があるのではないかと言った。

それ以来、忠太はそこが気になり、老僕の松造に角之助の出生について密かに探ら

せたのである。

そこから、思いもかけぬ真実が浮かびあがってくることになる。

八

松造は嬉々《きき》として調べごとに時を費した。

若き日は、それなりに町場をうろつき、暴れ回ったこともあった。

渡り奉公なども経て、中西忠太に仕えるようになったのだが、今も渡り奉公をしている仲間もいて、武家の立入った事情を調べるのはお手のものであった。

武家奉公人には、自分のことより他人のことに詳しい者も数多《あまた》いる。

色々と伝手を頼りに、宇野家のことを聞き出すと、角之助は確かに養子であり、その出生には謎《なぞ》が多いとのこと。

このことについては調べるのになかなか骨が折れたが、彼を生んだのがどうやら武家ではなく色町の芸者であったことがわかった。

時折、その女が宇野家に出入りをしていたというから、養子に出した息子が心配で、会いに行っていたと思われた。

この辺りの話は、当時、渡り奉公をしていた、松造の昔馴染《むかしなじみ》から聞くことが出来た。

女は地味な装いであったが、長年粋筋《いきすじ》で洗われた風情《ふぜい》は隠しようがなく、一目でそれ者《しゃ》とわかったという。

そうなると、これを珍しがる者も現れて、宇野家に関わる者は、皆、女の動向に注視したものだ。

本来ならば、もっと秘密裏に出入りすべきことなのだが、家の者達はその辺り、実に無頓着《むとんちゃく》に、女の出入りを認めていた。

恐らく、どこぞの武士が芸者との間に子を生《な》したが、自分の家には連れて帰ることが出来ず、他家に預けたのであろう。

芸者は自分の手で育てたかったが、折を見て自分の家に引き取るので、ひとまず息子には武士として育ってほしいと、角之助の実父は押し通したらしい。

宇野家は、角之助の実父とは親類なのかもしれないが、貧乏御家人である。

金目当てで引き取ったのに違いない。

実母は、武家の中で子が育つのを自分の目で見ていたかったから、宇野家に幾ばくかの金を摑ませた。

宇野家は年中、金に困っているので、女を容易《たやす》く出入りが出来るようにしてやっていたのだろう。

武家といっても、この家の兄弟には、武士の気位がなく、それ者女の出入りなど何も気にならなかったと見える。

その芸者は、葭町《よしちょう》で出ていた女で、梅絹《うめきぬ》という。

女が角之助に対して、自分が母親であると打ち明けていたかどうかは謎だが、乳母のような顔で接していたらしい。

角之助が物心ついた時分には、梅絹は亡くなっていたので、角之助は幼な心に、近所の女が自分に乳をやりに来てくれていたくらいに、捉えていたのかもしれない。

角之助の実の父は、あれこれ世間を憚《はばか》って、成長のみぎりに息子と対面しようと思っていたのであろうか。宇野家に姿を見せたことはなかった。

それは今も続いていて、角之助はその父との対面が、少しでもよい状態で叶《かな》うようにと剣に励み、どのような手を使ってでも、自分の名をあげたかったのかもしれない。

こうなると、角之助の実父がとにかく気になるところだ。

もしかすると、既に実父の方も角之助との対面のきっかけを探していて、密かに息子の後押しをしているのかもしれない。

それもまた不気味な話だ。

何としても父親が誰なのか聞きたいところである。梅絹は息子かわいさに宇野家に密かに出入りしたことで、実は角之助の生母なのではないかと世間から疑われる失態をおかしていたものの、子を生した相手の男の名は決して口外しなかった。

そして、角之助が幼い頃に死んでしまっているので、その辺りのことは謎のまま埋もれている。

松造は、

「葭町で出ていたといいますから、そこら辺りの事情に詳しい人に当ってみれば、大よその目星はつくかもしれません」

と言うが、葭町に顔が利くわけではないので、彼の調べもこれ以上は期待出来ない。

だが、狙いは正しかろう。

「かくなる上は、誰かを頼りに葭町に遊びに行ってみるか……」

忠太の頼りになるのは、今思い浮かぶのは一人だけである。

「松造、そっと遣いに出てくれぬか」

そうして松造を送り込んだ先は、大伝馬町の木綿問屋〝伊勢屋〟であった。

今村伊兵衛の父・住蔵は、先祖が武士であったことを誇る硬骨漢であるが、大店《おおだな》の商人としての遊び方もよく心得ている。

住蔵ならば、よい知恵を貸してくれるのではないかと考えたのだ。

「松造さん、そんなことならお手のものだと先生にお伝えください。葭町は、わたしにとっては子供の頃から馴染《なじ》んだ庭みたいなものですからねえ……」

中西忠太から、何か頼みごとをされると、

「待っていました」

必ず大喜びする住蔵は、この度もいかにも嬉しそうに胸を叩いたのである。

九

「これはこれは、〝伊勢屋〟の旦那様、ようこそお越しくださいました……」

葭町の料理茶屋〝よし久《ひさ》〟の大女将《おおおかみ》・おぬいは、曲がった腰をさらに折り曲げながら、座敷へ出て挨拶をした。

「おぬいさん、達者そうで何よりだね」

「達者なものですか。何と申しましても、七十を越えてしまいましたから、はい……」

「今日は、わたしがいつも世話になっている、中西先生をお連れいたしたので、よろしく頼みますよ」

住蔵は、大店の主《あるじ》の風格を放ちながら穏やかに応えると、中西忠太を紹介した。

「これはこれは、さぞかしお強い先生なのでございましょうねえ。〝よし久〟のぬいでございます。どうぞよろしくお引き立てのほどを……」

「中西忠太と申す。世話になっているのはわたしの方でな。長年浜町の道場に通うていたというに、この葭町界隈には疎《うと》うてのう。伊勢屋殿に、どこぞに詳しい御仁はおらぬかと問えば、ここの大女将なら何でも知っていると教えられてのう」

「はい、それはもうわたしも八十近くになりますので、大抵のことは……」

七十を越えてしまったと言ったのが、ここでは八十近くになったと言う。この差に大きな開きがあるが、七十五、六というところなのであろうか。

もうかなり惚《ほう》けてきているようだが、住蔵曰《いわ》く、

「昔のことほどよく覚えている女将でございまして……」

であるという。

おまけに話好きで、惚けてきているだけに、ついつい、余計な話をしてしまうらしい。

この界隈で起こった、訳ありの出来事を聞き出すのに、ちょうどよい相手だと住蔵は言うのだ。

なるほど、そういうものかと、忠太はこの〝よし久〟での場を設けてもらった。

「まず大抵のことは知っておりますが、何もわたしのような年寄りを相手に召し上がらなくても、もう少し話上手で、見目のよいのもおりますのでお呼びいたしましょう」

おぬいはそう言ったが、

「いやいや、今日は大女将の話をじっくり聞かせてもらうために来たのでな。余分な色気は抜きに願いたい」

忠太はにこやかに言った。

いかにも強そうな豪傑から、こんな扱いをされて喜ばぬ年寄りはいまい。

そして軽妙な話で場を明るくするのは住蔵の身上である。

「女将、あの時はこんなことがあったねえ」

などと話を持ちかけると、おぬいはよく喋《しゃべ》った。

「大したものだ。ほんに知らぬことはないとみえる」

それに忠太が感心すると、ますますおぬいは調子に乗った。

そのうちに、

「まあ、これは伊勢屋の旦那さんだからお話ししますがね。山形屋《やまがたや》の亡くなった御隠居はけちで知られていましたが、回向院《えこういん》の裏にここで出ていた滝しづという妓《こ》を囲っていたのでございますよ」

言わずともよい話をし始めた。

「え？　あの山形屋の因業爺《いんごうじじ》ィが回向院裏に？」

住蔵は既に知っていた話ではあったが大仰に驚いてみせ、

「どんな顔をして、通っていたんだろうねえ」

と、笑い転げた。

そこで忠太が、

「そういえば昔、梅絹とかいう女がいたような……」

と切り出した。

「はい、おりましたとも。先生はご存知で？」

「いや、見かけたことがあってな。なかなか好い女であった気がする」

「あの妓はやはり、お武家様に好まれるのですねえ」

「左様か。どこぞの武士が、梅絹をものにしたのかのう」

忠太は、おぬいを真《ま》っ直《す》ぐに見た。

「若いお武家さんですよ。ご直参の若殿であったような気が……」

「誰じゃ？　その憎い奴は？」

「まったく憎いお人でしたよ。まだ半人前の身だというのに芸者に入れあげさせて……」

梅絹は、若い武士を情夫として、そのまま葭町から出てしまったという。

やっと自前になったというのに、惜しいことであったとおぬいは嘆いた。

「まあ、若くしてお亡くなりになったと風の便りに聞きましたから、お気の毒なことですがねえ」

どうやら角之助の父親は死んでいるらしい。

となれば、父との対面のために、角之助は焦燥にかられているわけではない。

「おぬい殿、その武家の名は覚えておらぬのかな」

忠太はいよいよ本題に入った。

「ええ……。何というお方でございましたかねえ……。昔のことほど覚えてはいるのですが、わたしも喜寿を祝ってもらうような歳でございますのでねえ……」

結局、おぬいは七十七歳らしい。

覚えていないのであろうか。それではここまでおぬいの機嫌をとってきた甲斐《かい》もないことである。

「ええ……。そうでした……。関口《せきぐち》様……」

「関口……」

「関口憲四郎《けんしろう》様でございます。はい、間違いございません……」

「関口憲四郎……！」

「先生はご存知でいらっしゃいますかねえ。御旗本の次男坊で、滅法腕の立つお方だったとか……」

それから、おぬいは他愛もない昔話を続けたが、忠太の耳には何も入ってこなかった。

住蔵は、忠太の異変に気がついて、おぬいと取りとめもない話を続けて、忠太が考える間を作らんとした。

その気遣いさえ忘れるほどに、忠太は衝撃を受けていた。

――そうであった。角之助は憲四郎に似ていたのだ。

関口憲四郎は、十六年前に中西忠太が木太刀で打ち殺した男である。

憲四郎は、三百石取りの旗本の次男坊で、小野道場にあって秀才と謳《うた》われた。

ところが、彼もまた気が荒く、何かというと仕合を望んだ。

所詮《しょせん》、剣術は斬るか斬られるかで、型や組太刀の稽古は、仕合のためにあると言い募っていた。

彼のそういう想いは、中西忠太にはよくわかった。現在中西道場にいる六人は、皆一様に関口憲四郎の考え方と同じだと言える。

しかし、泰平の世にあっては、仕合は特別なもので、生死にかかわる立合を、道場での稽古に取り入れられるはずがない。

「おぬしの気持ちはようわかる。だが、仕合ができぬうっぷんを、喧嘩で晴らしてはならぬぞ。そのうち、皆には内緒で二人で立合うてみようではないか」

忠太はそう言って宥《なだ》めてきた。

憲四郎の技量はなまなかなものではない。

忠太とて彼と袋竹刀で立合えば、怪我をするかもしれぬ。また、自分も恐さからつい気合が入り過ぎて怪我をさせてしまうかもしれない。

このように宥めるしかなかった。

憲四郎はしかし、何かというと門人達に喧嘩を吹っかけ、袋竹刀で打ち倒すという所業を続けた。

忠太には敬意と好意を抱いていたものの、素直に話を聞けなかったのだ。

そのうちに師範代の一人と衝突した。

「先生が立合を嫌うのは、わたしに打ち負かされるのが恐いからでしょう」

と、挑発するように言ってしまったのである。

こうなると師範代も黙ってはいられない。

「木太刀で受けてやるぞ！」

と応じた。

忠太は兄弟子にあたる師範代を守らんとして、これを止めに入ったが、今度は自分に、

「それなら中西先生が相手をしてくれますか」

と迫る憲四郎に手を焼いた。

そしてこうなれば自分が憲四郎を叩き伏せ、反省させるしかないと考えたのだ。

しかし、憲四郎は忠太が思った以上に強かった。気がつけば、倒さねば倒される瀬戸際に追い込まれ、憲四郎を死なせてしまったのだ。

忠太は責めを負い、小野道場を出ようとしたが、まだ存命であった師・小野次郎右衛門忠一が、中西忠太には毛筋ほどの非もないと、関口憲四郎の死を悼みつつも、その不心得を厳しく糾弾した。

それゆえ、関口家も異を唱えず、息子の不行跡を詫びたのである。関口家でも憲四郎を持て余していたのであろう。

その後は何ごともなく、忠太の心にだけは深い傷が残ったまま時が過ぎた。

まだ二十歳にもならぬというのに、憲四郎は町場で好い顔になり、梅絹とわりない仲になり、子を儲けてしまったのであろう。

子を抱えて、女が一人生きていくのは大変だ。

憲四郎は梅絹のことも考え、宇野家に息子を養子に出し、

「お前が会いたい時に会えるようにしておくから……」

宇野家に金を注ぎ込んだ。

恐らくそれは関口家から出たものではなく、憲四郎が腕にものをいわせて、どこからともなく用意したものを渡したのであろう。

そのためには、何か危ない仕事をしたのかもしれない。

だが、憲四郎は、子供の成長を見ぬまま死んでしまった。

宇野家としては、憲四郎が名剣士としての地位をなし、いつか無役の身を引き上げてくれるのではないかと期待したが、それも空《むな》しくなってしまい、何のために角之助を養子にしたのかわからなくなった。

だが、角之助は兄の康次郎がかわいがってくれたので貧しいなりにも武士として生きていくことが出来た。

そして、やがて自分の出生の秘密を知ることになる。

父譲りの剣才と、激しい気性で剣術修行に挑み、ここまできたが、自分のあらゆる不幸の源が、中西忠太にあると心の底で思っていたのであろう。

その息子で、何もかも自分より恵まれている忠蔵には何としても勝ちたかった。

その想いが父と同じ道を歩ませ、忠蔵との木太刀での立合に発展したのだ。

――それならば、角之助の折れ曲がった気性がどこで生まれたのか納得できる。

剣客として生きてきたが、その因果はここにも降りかかってきた。

暗澹《あんたん》たる想いに包まれながらも、忠太は角之助への理解がひとつ得られたことへの安堵を心の内で感じていた。

「まあ、わたしも古稀を迎えましたが、まだまだ昔のことは忘れてはおりません……」

相変わらず何歳かわからぬおぬいは、その間も喋り続けていた。

昔の話をしたことを、今は次々と忘れていく。

伊勢屋住蔵は、真に心得た人選をしてくれたものだ。

十

浜町入堀の小野道場は、近頃にない若者達の気合に溢れていた。

宇野角之助、青村欣之助、玉川芳太郎の三人に加えて、佐高弥左衛門《さこうやざえもん》、室崎章三郎《むろさきしようざぶろう》、森口念次郎《もりぐちねんじろう》が、来たるべき中西道場の仕合に出ることが決まった。

新たな三人は、酒井右京亮邸の武芸場に、子供の頃から出入りしていた旗本の子弟で、技の美しさに定評がある。

陣容が決まると、自《おの》ずと六人にも連帯が生まれ、厳しい稽古の中、まとまりを見せ始めていた。

もう既に十一月に入っていた。

仕合の日は目前に迫ってきている。

右京亮はこの日の稽古が終ると、自邸の武芸場に六人の頭である宇野角之助を連れ帰り、念入りに打合せをしたのだが、

「角之助、そなたは一暴れをすると申していたが、ことは芳しゅう進まなんだようじゃな」

やがて耳にした、先日の政五郎襲撃の一件について口にした。

「お恥ずかしゅうござりまする。何か仕掛けずには気がすみませいで……」

角之助は素直に頭を下げた。

「そなたの気がすむようにと思うたが、今のそなたならきっと勝てる、あれこれと小細工などせずともな」

右京亮は、鋭い目の奥に笑みを湛《たた》えながら言った。

「憎しみは人に力を与えるが、ここ一番というところでおかしな隙を生む。それに気をつけよ」

「はい。わたしもそのように思うようになりました」

「そなたの父の二の舞を踏んではならぬぞ」

右京亮はしみじみと言って、庭の外の冬空を眺めた。

「関口憲四郎……、よい剣士であったが……」

関口家からの頼みで、憲四郎を小野道場に入門させたのは右京亮であった。

佐高、室崎、森口といった若い連中と同じく、憲四郎はこの酒井邸の武芸場に、子供の頃から出入りしていて、誰よりも抜きん出ていた。

当時から利かぬ気であったが、

「酒井先生……」

と、憲四郎は右京亮を慕った。

あれこれと問題ばかり起こし、右京亮はその度にきつく叱《しか》りつけたが、当時の右京亮はまだ若く、脂の乗った剣客であったから、少々の乱暴な行為に目くじらを立てたりはしなかった。

憲四郎は町場でもよく諍いを起こし、右京亮は何度も尻拭《しりぬぐ》いをしてやったものだが、

「先生、申し訳ございませぬ」

自分にはいつも辞を低くして機嫌を取り結ぶところが憎めず、とどのつまりは許してしまう。

何よりも、憲四郎の剣術は右京亮好みで、型、組太刀の出来が抜群によい。

ひとつひとつの打ちに重みと威風があり、体の動きに乱れがない。

彼が仕合を望むのも、ただの好奇や自分の誇示からではなく、見事に型と組太刀をこなせるゆえ、それを仕合で試したくなるのだと思える。

右京亮は決して仕合を否定しない。

だが、近頃は型や組太刀の腕が生半《なまなか》なくせに仕合を望む者が多く、この傾向に異を唱えたくなるのだ。

そういう意味で、右京亮は憲四郎の何もかもが許せるのだ。

町場での放蕩のあげく、芸者に子を生ませてしまった時は、そっと右京亮だけに憲四郎は相談した。

「わたしはどうせ次男坊で家は継ぎませぬ。やがて町に道場を開き、息子に跡を継がせてみとうござりまする。その時は梅絹という女を妻として迎えてやりとうございます」

憲四郎は思いの外に、純情なことを言った。

「お前がそう言うなら考えてやろう」

息子の角之助を関口家の遠縁にあたる宇野家に養子として入れ、梅絹には乳母として家に出入りが出来るようにしたのは、他ならぬ右京亮であった。

その上に彼は、梅絹をいずれはどこぞの家の養女にして、一緒にさせてやろうとまで、考えていたのだ。

しかし、梅絹は幼い角之助の成長を見られぬまま早逝し、憲四郎は自分の知らぬところで中西忠太に突っかかり、不運な死を遂げた。

周囲の者達は、一斉に忠太を擁護した。

中でも右京亮にとっても師である、小野忠一は、

「もしも中西忠太を責める者あらば、将軍家剣術指南役の、小野家の面目にかけて相

手になってやる！」

とまで息まいた。

確かに話を聞けば関口憲四郎に非はある。

右京亮は黙って師に従って、誰にも異を唱えなかった。

しかし、彼の心にはやり切れなさが残った。中西忠太への不満も湧いてきた。

忠太の剣も、剣術に対する情熱も認める。しかし剣術を楽しまんとする忠太の精神には重みや深みが欠如しているような気がして、以前から反りが合わなかった。

その根底には憲四郎の一件があるのだ。

「わたしは、酒井先生のお蔭《かげ》で小野派一刀流を学び続けることができております。亡き父の分も御恩返しをいたしませぬと……」

そして今、角之助は秘事を共にする右京亮の前で、必勝の想いを告げている。

早くに二親と死別した角之助を、宇野家から小野道場に拾い上げてくれたのは右京亮であった。

自分に出生の秘密を教えてくれたのは、兄の康次郎であった。それからは、いつか自分も小野道場で剣に励み、父の仇を討ちたいと考えていたところ、右京亮が忘れず手を差し伸べてくれたのだ。その感謝は尽きない。

それでも、憲四郎の顚末《てんまつ》を知りつつ、角之助は亡父と同じような振舞をしてしまった。

早く強くなって、中西父子《おやこ》を打ち倒したい――。

その想いが強過ぎて、何に対しても攻撃的になってしまったのである。

中西忠太は、まだ角之助にとって余りにも大きな壁であり、その息子の忠蔵も父の教えを受け、剣技人柄共に勝れている。

貧乏御家人の三男坊で、乱暴な振舞が多い角之助を父子は避けたりしなかった。

忠太は何かと話しかけてきて、朗らかに諭してくる。

――この男に教えを乞《こ》えば、自分の技も上達するだろう。

だが生みの父を殺した相手と思うと、素直にはなれなかった。

顔も覚えていない関口憲四郎であるが、生きていてくれたら、自分も忠蔵のような剣士でいられたはずだ。

そんなひねくれた想いが先に立つのだ。

恨み、妬《ねた》み、自分に対する嫌悪が昂《こう》じて起こったのが、忠蔵との木太刀での立合であった。

父・憲四郎の騒動以来、小野道場では特に危険な立合は禁止されていた。それを息子の角之助がまた掘り返した恰好となった。

しかし、小野道場を破門にならずに済んだのは、酒井右京亮がついていてくれたからだ。

この仕合は、酒井右京亮と中西忠太の剣術への考え方の違いから生まれた。

「わたしは、何としても勝ってみせます」

角之助は改めて誓いを立てた。

「案ずるな、この右京亮が勝たせてやるわ」

角之助以上に勝ちたいのは、右京亮の方であった。

勝負には、対する者それぞれの想いと、励んできた血と汗の跡がある。

いずれも生半ではない努力が込められているとすれば、そこには何《いず》れが正で何れが邪かなど、死ぬような稽古を積んだことのない者には判じられるものではない。

角之助は酒井邸を辞した。

正々堂々と戦う。そう心に誓ったものの、勝負を前に角之助の心は落ち着かなかった。

今まで覚えたことのない感情に、何故か胸を締めつけられるのであった。

十一

「よう！　励んでいるようだな」

両国橋《りょうごくばし》にさしかかったところで、不意に呼び止められて、角之助は我に返った。

振り返ると、目の前に中西忠太が立っていた。

「中西先生……。待ち伏せですか……」

そんな言葉しか出なかったが、何のこだわりもないかのような笑顔を向けている忠太を見ると、何故か胸の締めつけが収まった。

「待ち伏せか……。ははは、おぬし目当てに来たゆえ、そんなところだな」

「何か御用が……」

「大したことでもない。先だって道場を訪ねてくれたが、それ以来会うておらなんだゆえ、一度くらい話をしておこうと思うてな」

「わたしは酒井先生の組の者にござりまする。話すことなどござりますまい」

「まあ、そうつれないことを申すな。殺し合いをするわけではない。互いに必勝を期しているが、同じ時を過ごす仲だ。楽しい気持ちで相対したい。それがおれの流儀でな」

「付合わされる方は大変でございますな」

「よく言われるが、手間はとらせぬ。我が道場では道具を身に着け、四つ割の竹刀で打ち合う稽古をしているのは知っているな」

「存じております る」

「正直に言え。これはまっとうな稽古ではないと思うか?」

「わたしは好きになれませぬ」

「何故そう思う?」

「道具を着けていると、当てられることが気にならなくなり、また、攻める時も、斬ることを忘れ、当てようとするからです」

　気がつくと、角之助は忠太と剣術談義を始めていた。

「なるほど、それはおぬしの言う通りだ。おれもそれゆえためらった。だが、今まで通りの稽古で、いざ棒を手に喧嘩をした時に、喧嘩慣れしている相手に勝てると思うか」

「勝てぬと思います。わたしはそれゆえ仕合をすることが大事かと存じます」

「その通りだ。だが、毎度竹刀や木太刀で仕合をすれば体がいくらあっても足りぬ。そうではないか」

「それを工夫するのが稽古かと存じます」

「どう工夫する？　道具を身に着けた上で工夫をする方が、より容易く稽古ができるとは思わぬか」

「それは……」

「かつて関口憲四郎という門人がいた。ほんに強い男であった。乱暴者であったが、おれは奴が気に入っていた。剣に対する想いが同じであったからだ」

角之助は、はっと目を見開いた。忠太は自分と憲四郎の間を知っていたのかと思ったからだ。

だが忠太は角之助の心の内などお構いなしに話を続けた。

「剣術は、いざという時のためにあり、いざという時は命を投げ出すつもりでおらねばならぬ。憲四郎もおれもそう考えていた。その考えがいけなかったのだ。些細《ささい》なことから憲四郎はおれに木太刀での立合を求めて、気がつけばおれ達は激しく打ち合っていた。そしてどちらが打ち殺されるか打ち殺すかの仕儀となり、おれが生き残り、憲四郎が死んでしもうた。馬鹿な話だ。あの後、おれと憲四郎が立合った者同士、誼《よしみ》を通ずるようになれば、笑い話で語れることが、一方は心に重荷を背負うたまま生き残り、もう一方は先行きのある身を散らしてしもうた。それこそが武芸者の生きる道という者もいるが、おれはそんな奴は馬鹿だと思う。竹刀と道具でする稽古では真に相手を斬ったことにならぬという奴は、一人でも人を斬ったことがあるのか？　おれは憲四郎の死を無駄にはせぬ。これからの剣術は、型と組太刀に加えて道具を身に着けて竹刀で打ち合い、その成果を確かめる。そうであらねばならぬとおれは思うている。おぬしはどうだ？」

忠太は一気にたたみかけた。

角之助は呆気《あっけ》にとられた。今まで自分に、これほど熱く物ごとを語ってきた者はなかったからだ。

「どうだと申されても……」

応えようがないではないかと角之助は顔をしかめた。

忠太は自分と関口憲四郎の間柄を知っていて、実父を殺した言い訳をしているのであろうか。

だが、それにしては語っていることに嘘偽りはなく、真っ直ぐな想いであると心の内に入ってくる。

「おれが言いたいのは、我らと同じ稽古法でなくともよいゆえ、いつかおぬしが己が道場を構えるようになった折、竹刀と道具を使った稽古をしてもらいたい。おぬしにはきっと合うはずだ。そして、今度我らと仕合する折は袋竹刀ではのうて、道具を着けて、心ゆくまでいたそうではないか」

忠太はさらに続けた。

もちろん、彼は角之助に憲四郎を死なせてしまった言い訳をしたいのではない。情熱に充ちた中西忠太には、そもそも言い訳という概念はない。

そして、〝仇呼ばわり傍《かたわ》ら痛し〟と言うつもりもない。

角之助が知らぬ関口憲四郎を、少しでも伝えてやりたかったことと、彼の死が自分に新たな稽古法の導入を考えさせてくれた事実を告げておきたかったのだ。

角之助ならこの稽古法の素晴らしさを、いつかわかってくれるであろうとの期待と勧めを込めたのである。

「それを言うために、先生はわたしを待ち伏せたので？」

角之助は、やっとそれだけを応えた。

いきなり現れてあれこれ説かれても、今の角之助には、忠太が関口憲四郎と自分が父子であることに気付いたことへの驚きしかなかった。

それでもよい。この若き先行きのある剣士が、後になって自分の言ったことを少しでも思い出してくれたなら……。

忠太はそう考えていた。

「まあ、待ち伏せたのはそういうわけだ。おれは頭に浮かんだことは、人に話さないと気がすまぬ性質《たち》でな。仕合は勝たせてもらうぞ！　ははは……」

そして彼は、言いたいことを言うと、そのまま立ち去った。

——あれが自分の仇なのか。

角之助は、久しぶりに忠太節に触れて、

——あの頃よりひどくなっている。

言うだけ言って立ち去る。しかもどこか考えさせられる滋味が含まれていて、それでいてそれの本質がぼんやりとしている。

ただ、どういうわけか、中西忠太に声をかけられると体の中が熱くなる。

憎い相手だと思うのだが、憎みきれないのである。

中西道場の門人達と正々堂々戦い、己が剣の冴えをもって倒す。

とどのつまり、これこそが中西忠太への仇討ちだと、角之助は今自分に言い聞かせていた。

十二

紆余曲折《うよきよくせつ》を経て、小野道場酒井組と中西道場は、互いに信じる稽古に刻《とき》を過ごし、いよいよ師走の十日を迎えた。

何かと熱く燃え立つ中西忠太であるが、仕合の当日は拍子抜けするほどにいつも通りで、熱を帯びた訓示をするわけでもなく、早朝に門人を道場に集め軽く体慣らしをさせると、

「さて、行くとするか……」

近所で飯でも食べに行くような調子で浜町入堀へ向かった。

中西忠蔵、安川市之助、新田桂三郎、若杉新右衛門、平井大蔵、今村伊兵衛――。

小癪《こしやく》で喧嘩早くて、何かというと人に逆っていた六人であった。

それが猛稽古に堪え、相弟子との友情を育《はぐく》み、自分と共に新たな剣術を模索してくれた。

一人一人に温かい言葉をかけてやるべきかもしれない。

だが、今日の仕合をもって中西道場が終るわけではない。

この日の仕合で得たものを糧にして、また新たな稽古が始まり、防具の改良に向か

わねばならない。

気の利いた言葉など不要であろう。

忠蔵にも他の弟子達にも、角之助が関口憲四郎の息子であることは打ち明けてはいない。

そして六人が、実のところ同じ年代の剣士の中では、群を抜いて実力を身につけていることも黙っておいた。

勝って自信をつけさせ、藤川弥司郎右衛門、福井兵右衛門、棟本法神といった稀代《きたい》の名剣士をもって時に完敗の屈辱を味わわせる。

それが中西忠太の手綱捌きであったから、六人共まだそれには気付いていない。

気付いていないから、六人は存分に戦ってくれるであろう。

宇野角之助は、あれから黙々と稽古に励み、何も小細工は仕掛けてこなかった。

彼も、己が力で戦ってやろうではないかという気概を持ったのであろう。

――それでよい。

忠太は六人を引き連れて軽口をたたきながら歩いた。

「さっさとすませて、さっさと帰ろうではないか……」

万事こんな調子であった。

弟子達六人もこうなると次第に落ち着いてきた。

既に何度も他道場へ行って仕合をしてきているから、今日の仕合もそのひとつだという気がしてきたのだ。

忠太以下七人は、いずれも稽古着の上から羽織をかけ、腰にはしっかりと大小をたばさみ、右手に袋竹刀を持って道行く。

七人に加えて今日は老僕の松造も同行した。

「松造、そなたも門人の一人だからな」

忠太は、松造には裁着袴《たつつけばかま》に羽織、腰には木刀を差させて共に来るよう命じた。

道場の留守は、奥平家の家士が務めていた。

松造は顔を上気させている。

この人にお仕えしてよかったと思える奉公人の幸せを、しっかりと噛み締めたのである。

小野道場の稽古場には朝の四つに入った。

既に酒井組の面々は来ていて、体慣らしをしていた。

忠太はいつもとは違い、相手方に刺すような目を向け、門人達とで威嚇するように入っていった。これも策戦のひとつであった。

六人の弟子達は、顔つき、体つきがその辺りの剣士と比べると、見ただけで相手を圧倒する迫力を既に備えている。

――あいつと立合うのか。

相手は畏縮《いしゆく》してしまうのだ。酒井組の六人にそれが通用するかどうかはわからぬが、酒井右京亮を焦らせることが出来るやもしれぬ。

「不遜《ふそん》な奴めが」

と、苛々させられるかもしれぬ。

「本日は何卒《なにとぞ》よしなに」

当代・小野忠喜を始めとする、小野派一刀流の重鎮達が次々と入ってくる中、忠太は弟子達と共に座礼した後、右京亮を見つめた。

右京亮のこめかみがぴくりと動いた。

策は効果をあげたようだ。敵の総大将を苛つかせればよい。それにつられて組下の六人も表情を強《こわ》ばらせた。

忠太は、忠蔵達六人を見廻《みまわ》した。皆一様に鋭い目付は崩さないが、してやったりと笑いを堪えて少しばかり鼻がふくらんでいるのがわかる。

――見よ、これが中西道場のゆとりだ。

忠太は叫び出したい想いを抑えて、お歴々を前に、

「本日はこのような場を与えていただき、真に忝うござりまする。これも稽古のひとつであると心得おりまする。それではさっそく仕合に移らせていただきとうござりまする」

緊張を漂わせた様子から一変して、あっさりと告げた。

列席する小野派一刀流の古老達の中には、有田十兵衛もいたが、生真面目な彼でさえ口許が綻《ほころ》ぶ爽《さわ》やかさであった。

当主・小野忠喜は、ただにこりと笑って頷いた。

「ならば、いざ……」

右京亮が重々しい声で言うと立ち上がり、

「仕合は一本勝負の勝ち抜きといたす。仕合の決着がつかぬとなれば、相打ちとて勝負なしとし、両者共に下がる。その判別は、立会人を務めていただく、大河内《おおこうち》殿に一任をいたす」

列席の高弟達の中から、大河内幹《みき》右衛《え》門《もん》が進み出て一礼をした。

――大河内幹右衛門？

忠太は怪訝な顔をした。彼は忠太の兄弟子だが、右京亮の腰巾着《こしぎんちゃく》のような五十手前

の師範代である。こんな男にまさか審判を務めさせるとは思いもしなかったのだ。

「忠太殿、何か御不審がおありか？」

右京亮はそれを見てとって咎めるように言った。

「いえ、委細お任せいたすと申し上げました」

「で、あったな。ならば始めん」

右京亮は大河内を促し、仕合の開始を告げた。

――これでは六対七だ。

忠太は大河内の判定が、酒井組に動くことを覚悟した。だがそれを六人に告げたとて調子が狂うだけである。既にここへ来る前に、

「よいか、敵地へ乗り込むのだ。何があっても動じずに戦え」

と、言いつけてある。

「よし、参ろう」

忠太は六人にただその一言を告げた。六人は一斉に羽織を脱いだ。

先鋒《せんぽう》はいつもの通り、今村伊兵衛であった。

今日の刀は〝いせや〟ではないがその緊張はまったく感じられなかった。

相手は佐高弥左衛門、伊兵衛と同じく小兵ながら素早く活きの好い十七歳である。

「始め！」

そして、大河内幹右衛門の号令で仕合は始まった。

弥左衛門は右に左に素早く動き、相手の間合を外す作戦。しかし伊兵衛も負けてはいない。相手以上に動き回り、二、三度剣先を触れ合ったくらいで、小手から面、そこからさらに面、そしてまた小手に袋竹刀を落し、弥左衛門を防戦一方として、思わず手許が浮いたところに小手を決めた。

「勝負あり！」

大河内は、小手を打たれ利き腕を押さえて屈《かが》み込む弥左衛門を見て伊兵衛の勝ちを宣した。

鮮やかな勝利に稽古場のうちはどよめいた。

忠太はにこりともしなかった。伊兵衛はやや疲れた。

勝ち残りで次は室崎章三郎である。開始早々、章三郎も足を使い伊兵衛を攻めた。それでも伊兵衛は仕合慣れをしている。巧みに自分も足を使い、章三郎の技をかわしたのだが、一瞬章三郎の袋竹刀が伊兵衛の稽古着の袖《そで》に触れた。

「勝負あり！」

かすっただけの技を大河内は、章三郎の勝ちと宣告した。

――何だと？

中西道場の者達は怪訝な表情で、大河内を見たが、

「真剣であれば斬られていた」

大河内は涼しげに言って、

「何か異存でもござるか？」

「いや、ござらぬ……」

忠太が素早く応えた。これは予想していたことであった。

相手が動けぬようにすれば勝てるのだ。

不満げな伊兵衛に忠太は頷きかけて、平井大蔵を送り出した。

だが、ここからが大河内幹右衛門との戦いであった。

大蔵は、開始直後にぐっと間合を詰めて、上背を利用したのしかかるような面を章三郎に見事に決めた。彼は手加減の仕方も心得ていて、手首を返して叩かず、押すように袋竹刀の剣先から三寸のところを章三郎の額に乗せるように斬ったのだ。

文句のつけようのない勝利。しかし、次の森口念次郎との仕合で、逃げる念次郎の竹刀が大蔵の肘《ひじ》にかすったのを〝小手〟と取られてしまった。

若杉新右衛門は、得意の引き小手で念次郎の袋竹刀を床に落させ勝利したが、続く

青村欣之助の竹刀を鍔元《つばもと》で受け止めたのを〝小手〟と取られた。

こうなると、相手に決め技を悟られぬうちに一本を決めねば、中西道場に勝利はない。

次の新田桂三郎は、慎重に欣之助の技をかわしながら、上背と長い手を活《い》かして面と見せかけ落差のある小手を決めた。

桂三郎は苛ついていた。その小手には腹立ちが込められていたので、欣之助は右手が痺《しび》れて袋竹刀を取り落し、竹刀を握れぬようになっていた。

しかし、これによって彼の得意技は見切られてしまう。ここからが仕合は壮絶さを増す。

相手は玉川芳太郎である。彼は技の切れが抜群で、桂三郎のような上背のある相手に下から技を返すのに長《た》けていた。

芳太郎は逃げるふりをして、下から桂三郎の右胴を見事に打った。

桂三郎は痛みに堪えたが、やり切れない。

〝いせや〟の立合を子供の遊びと言った右京亮の組の方が、袋竹刀を当てるだけの剣術をしているではないか——。

桂三郎は、その理不尽が堪え難かった。

その想いは六人が共に持っていた。既に相手の四人は戦闘不能の状態で、こっちはまだまだ戦える。それでもこれが真剣であったなら、と古老達は理屈を言うのか。だが、芳太郎の強さは認めねばなるまい。何とかこ奴を仕合から降ろさせよう。

副将の安川市之助は、忠蔵に小声で、

「忠さん、お前に任せたよ。角之助とさしで決着をつけてくれ」

と言って、芳太郎に相対した。

もしも市之助が負けると、相手はひたすら忠蔵との仕合で逃げ回り、引き分けに持ち込むかもしれない。そうすればその場で負けが決まるし、忠蔵が勝っても疲れが残り、角之助に手の内を読まれてしまう恐れがある。

確実に相手を潰すのだ。

「始め！」

大河内は立会人で行司をするのが気持ちよくなっているようだ。声も弾んでいる。

「ええいッ……！」

市之助は、荒くれ剣士の意地をかけて、気合もろとも袋竹刀を下段に構え、まったく無防備に間合を詰めた。

芳太郎はその意図が読めず、かわそうとしたが、市之助はお構いなく詰める。

攻めるでもなく、ひたすら寄ってこられると調子が狂う。芳太郎はかわしきれず攻めに転じて相手の面を打たんとした。

市之助はその技をかわさず、さらに前へ――。

絶叫と共に互いの技を僅かにかわし、二人の袋竹刀は何れも相手の肩を強打した。

二人はそのまましばし動かなかった。

「玉川芳太郎の袋竹刀が先に届いた！」

あろうことか、大河内は恐るべき判定を下した。さすがに中西道場の五人は憤ったが、痛みに堪え切れず、芳太郎はやがて床に崩れ落ちた。

「勝った方がこれでござるかな……！」

忠太が野太い声で言った。さすがに道場内の気配が、あまりにおかしい判定だと大河内を非難し始めた。大河内はこうなると小心で、

「い、いや、相打ちにて、勝負なし！」

と判定をくつがえした。

市之助は相打ちに倒れんとして己が役目を終え、激痛を堪えその場を下がった。

我ら六人は一人も床に倒れぬぞ――。

それでこそ荒武者の真骨頂である。

宇野角之助は静かに立ち上がったが、その表情は実に晴れやかだった。

中西忠蔵は市之助にひとつ頷いて前に出た。

勝負は大将戦となったが、桂三郎、市之助の奮闘にその場は中西道場への共感に沸いた。

右京亮の表情に焦りが出たが、ここまでくれば負けるわけにはいかない。彼は睨《にら》むように大河内幹右衛門を見た。

もっと上手に自軍に対して忖度《そんたく》しろ——。

こんな男に立会人を任すべきでなかった。

彼の顔はそう言っていた。

「始め！」

号令をかける大河内はうろたえていた。

忠蔵と角之助は、互いに平青眼からぱっと分かれた。二年前の因縁、遡《さかのぼ》ること十六年前の父親同士の因縁から始まる決闘である。

そんな事実を知る者知らぬ者にかかわらず、何れかが命を落すのではないか。いつしか道場内は、若者達の激闘に呑み込まれていた。

両者は慎重な間合の取り合い。かすられでもしたら敗北必至の忠蔵は、その不利がむしろ真剣勝負の心地がして気が張った。

角之助が何か言いたそうな目をしている。

忠蔵は相手の術中にはまらぬようにと反応はしなかったが、どうもおかしい。

「えいッ！」

やがて角之助が不用意に前に出て、そこへ袈裟《けさ》に斬りかかる忠蔵の一刀を受け、二人は鍔迫《つばぜ》り合いとなった。その時である。

「あの立会人を片付けよう」

角之助が囁《ささや》いた。あんな奴に勝たせてもらっても無意味だと言いたいようだ。角之助にも若者の純情があった。

「好いねえ……」

応える忠蔵に、角之助はニヤッと笑い、

「おれを押した後、打ち込め……」

と、再び囁く。

「ええいッ！」

忠蔵は鍔迫り合いから角之助を押した。

角之助は押された勢いで、立会人の大河内に背中からぶつかった。その際、彼の袋竹刀は大河内の右足を打っていた。そこへ忠蔵が打ち込む。角之助はそれをかわしたところ、忠蔵の一刀は大河内の首筋を打ち据えていた。

「むッ……」

大河内は失神したが、二人はそれには目もくれず笑い合うと、そこから新たに戦った。

小野道場の門人達が慌てて大河内を運び去ったが、

「そのまま続けられよ！」

小野忠喜が凛《りん》とした声を張りあげた。

最早《もはや》、道場内にいる者にとって、右京亮さえも浅ましく思う立会人などいらなかった。

構えただけでわかる、忠蔵、角之助の質の高い仕合をしっかり目に焼き付けたかった。

忠太と右京亮はいつしか立ち上がっていた。

仕合を見守りつつ、不測の事態が起これればいつでもとび出して止められる体勢をとったのである。

「えい！」

そこからは大将同士の迫熱した攻防が続いた。何度か竹刀が触れ合ったが、その度に自分の間合を守り、相手に隙を与えぬ。

組太刀では常に仕方が打方に勝つ。となれば、立合の折には自ずと自分が仕方の打ちが出来ねばならない。

その機を得るのが勝つための極意だ。そして勝機は打ち合いの中に見出《みいだ》さねばならない。

互いに誘いの技を仕掛けるが乗らぬ。仕合は膠着《こうちゃく》した。

やがて忠蔵と角之助はふっと笑い合った。

これではおもしろくないと確かめ合ったのである。そして……、

「やあッ！」

「とうッ！」

二人は裂帛の気合もろとも、激しく技を出し合った。面を狙えば小手を返し、その打ちを袋竹刀で払い、払われたら下から突く。

目の覚めるような打ち合いの後、二人は小手を打ち合ったかに見えたが、その刹那さっと二人共間合を切ったのでよくわからない。

「やあ！」

しかし、角之助がそこで竹刀を引いて、

「参りましてござる……」

と一礼した。彼の右の拳《こぶし》が赤く腫《は》れあがっている。

小手に出たところを忠蔵にかわされ、小手を打たれたのだ。これでは手が痺れて戦えないと、負けを認めたのだ。

道場内はどよめいた。そして誰もがこの仕合に満足していた。

忠太は六人の弟子と松造を見て、喜びに取り乱すなと目で告げると、彼らを従え、

「本日はよい稽古をさせていただきました」

深々と頭を下げた。

「できそこないの六人でござりまするが、こうして一年励みましてござる。これまでの不行届きの段は、何卒お許しくださりませ。それではまた練塀小路へ戻りまして、稽古を続けとうござりまする。御免くださりませ」

そして、あっさりとそれだけを告げると、道場を出んと立ち上がった。

「忠太殿……」

それを忠喜が呼び止めた。

「よい稽古を見せてもらいましたぞ。この後は、中西派一刀流を掲げられてはいかが

かな」

若年とはいえ、彼も小野派一刀流の継承者としての思慮が深まっていた。

しかし、忠太は忠喜の気遣いを、

「いえ、我らはあくまでも、小野派一刀流中西道場としてこの先も精進いたしとうござりまする。何卒お聞き入れのほどを……」

爽やかに辞して、胸を張って小野道場を出たのであった。

酒井右京亮は、無言で忠太とその一門を見送っていたが、

「先生、面目次第もござりませぬ……」

負けたものの、実に清々《すがすが》しい顔つきで詫びる角之助に、

「そなたはよい剣士になったのう。身共《みども》は疲れた。口惜《くや》しさを募らせる力も失《う》せたわ。さらに腕を上げるのなら、あの中西忠太に習うがよい。そなたには合《お》うているかもしれぬな」

肩の荷が降りたかのような穏やかな表情で告げたのである。

十三

中西忠太はかくして、中西忠蔵、安川市之助、新田桂三郎、若杉新右衛門、平井大

蔵、今村伊兵衛、そして松造を率いて練塀小路に凱旋《がいせん》した。

この日のために、皆であらゆる苦難を乗り越えてきたが、勝った喜びは不思議と湧いてこなかった。

今はただ、これから先をどうしようかという思案ばかりが浮かんでくる。

ひとまず荒くれ六人を一端《いっぱし》の剣士にした。

一端というのは、一刀流の門人と胸を張って言えることである。

だが、これを機に武者修行に出るもよし、新たに名門道場に入門し直すという手もある。

今日の勢いをもって、小野道場に復帰するのなら、有田十兵衛に頼めばよかろう。

そして自分は、新たに門人を迎え、防具着用による稽古を広め、忠蔵をさらに鍛え上げ中西道場の二代目として育てていこう。

いや、むしろ忠蔵こそ旅に出すなり、外で修行をさせる方がよいかもしれぬ。

そうなれば、自分は主家の武芸場へ出て、時には松造を供にして、奥平家の国表である中津《なかつ》へも稽古に赴けば、それもまた楽しかろう。

そんなあらゆる想いが頭の中で浮かんでは消え、落ち着かなかったのだ。

だが胸の内に溢れているのは、愛弟子《まなでし》六人をいかにこの後道場に帰ってから誉め称えてやるか、それに尽きる。

――どんな風に誉めてやろう。

一人一人に温かい声をかけてやればよいだろうか。だがそれも照れくさい。

とにかく道場へ着くまでは弟子達を振り返らず、黙って道を行こう。

人前で勝った勝ったと誇るのは馬鹿である。いつものように道場に戻り、自分達だけになった折を見はからって一気に勝利の喜びを噛みしめ、奴らが気味悪がるくらいに一人一人を誉めてやろう。

弟子達も、黙って道場へ帰るのは心得ている。

体の痛みに堪え、ただ粛然として浜町から下谷への道を辿《たど》った。

その姿には威風が漂い、道行く者達は何れの剣術道場の方々であろうと、惚れ惚れとして彼らを見たものだ。

そして、やがて練塀小路に入り道場に着いた。

忠太はすたすたと稽古場に上がると、

「まあ、座るがよい」

と、背後の弟子達に分別くさく言った。

そして、やがて着座を確かめると、

「よし！　皆、ようやったぞ！　勝ったぞ！　勝ったぞ！　これから着替えて、お辰と志乃坊の店へ行って、今日はたらふく飲め！」

大はしゃぎで振り返った。

しかし、六人は黙って俯《うつむ》いている。

忠太は拍子抜けして、

「何だお前達は、もう着いたのだぞ、もっと素直に喜べばよかろう……」

と、しかめっ面で見廻すと、六人の後ろに控える松造がほのぼのとした表情で、忠太に神妙に頷いてみせた。

「うむ……？」

よく見ると六人は俯いて、目を真っ赤にして泣いていた。

六人もまた、天下の小野道場の精鋭に勝てた喜びと、師への感謝をいかに表そうかと思い、浜町からここまで来たが、何か言おうとすると泣けてきて泣けてきて声にならなかったのである。

「馬鹿者……、泣く奴があるか、今はしゃいだおれが間抜けではないか……」

叱りつつ、こうなると忠太の涙の栓は緩んでくる。

一旦《いったん》泣き出すと、とめどなく涙が流れ落ちる熱血漢である。

「まったく、お前達は……」

宝暦《ほうれき》二年も暮れてゆく。

新しい歳もまた、この馬鹿者達と喚《わめ》きながらここで暮らすのであろう。涙を堪える忠太は、天井を見上げながらそんなことを考えていた。

本書は、ハルキ文庫（時代小説文庫）の書き下ろしです。

時代小説文庫
お 13-26

決戦《けっせん》 熱血一刀流《ねっけついっとうりゅう》㊃

著者 岡本《おかもと》さとる

2021年6月18日第一刷発行

発行者 角川春樹

発行所 株式会社 角川春樹事務所
〒102-0074 東京都千代田区九段南2-1-30 イタリア文化会館

電話 03(3263)5247[編集] 03(3263)5881[営業]

印刷・製本 中央精版印刷株式会社

フォーマット・デザイン&シンボルマーク 芦澤泰偉

ISBN978-4-7584-4411-8 C0193

http://www.kadokawaharuki.co.jp/[営業]
fanmail@kadokawaharuki.co.jp[編集] ご意見・ご感想をお寄せください。